MAXIME ROUSSY

LE FABULEUX
NEOMAN
Épisode 1.1 - Le projet N

ÉDITIONS
LASEMAINE

1

Les muscles de mes cuisses sont en feu et mes poumons se sont transformés en volcans en ébullition.

Je m'apprête à cracher de la lave.

Est-ce que je suis encore poursuivi ? Aucune idée.

Je ne prends aucun risque et je continue à courir.

J'entre dans un boisé et m'arrête près d'un rocher aussi grand que moi.

Je jette un œil derrière moi.

Rien.

J'ai semé les Monstres.

Je retire ma cagoule et je m'accroupis.

Il me faut quelques minutes pour redonner à ma respiration un rythme normal.

Je l'ai échappé belle !

Après l'école, j'ai surpris deux Monstres en train de malmener un Humain.

Un vieil homme avec une canne qui promenait son chat au bout d'une laisse.

Il y avait plusieurs passants. Aucun n'est intervenu.

Même moi, je me suis dit qu'il valait mieux que je me mêle de mes affaires.

Personne ne veut contrarier un Monstre. Encore moins deux !

Question de vie ou de mort.

Mais quelques pas plus tard, lorsque j'ai entendu les Monstres rire de bon cœur parce qu'ils torturaient le chat pour aucune autre raison que leur malsain plaisir, je me suis arrêté.

Les gens ont continué leur chemin malgré les miaulements déchirants du félin et les supplications du vieil homme.

Pas moi.

Je ne pouvais pas. Je ne peux plus tolérer ces actes de barbarie.

C'était le moment ou jamais.

Père m'entraîne depuis plusieurs mois. Je ne peux pas être plus prêt que je le suis maintenant.

Je me suis faufilé derrière une benne à ordures.

J'ai sorti de mon sac d'école ma cagoule et mon lance-pierre.

Et quelques billes.

D'un pas décidé, je me suis dirigé vers les deux Monstres.

L'un d'eux avait volé la canne du vieux monsieur. Il avait trois doigts à chaque main.

L'autre tenait le chat par la peau du cou. Il avait le visage à l'envers : sa bouche était à la place de ses yeux et vice-versa.

Une fois la distance parfaite, j'ai déposé une bille dans la bande souple de cuir, je l'ai prise entre mon pouce et mon index et j'ai tendu l'élastique.

Puis j'ai visé.

– Salut !

Les deux Monstres se sont retournés vers moi.

J'ai relâché la bande souple.

« Une fois la distance parfaite, j'ai déposé une bille dans la bande souple de cuir, je l'ai prise entre mon pouce et mon index et j'ai tendu l'élastique. »

2

La bille lancée à soixante mètres à la seconde a atteint la nuque du Monstre qui maltraitait le chat.

Il a laissé tomber l'animal immédiatement et a hurlé de douleur tout en posant ses mains sur son cou.

Cela a dû lui faire l'effet d'une piqûre de guêpe, mais multiplié par cent.

L'autre Monstre, désarçonné, m'a observé.

Je me suis emparé d'une autre bille et j'ai chargé le lance-pierre.

Je savais que si je frappais certains endroits de son corps, je pouvais le tuer.

Les yeux, le nez, les tempes, la bouche, la gorge et le ventre du Monstre sont fragiles ; ils peuvent entraîner une hémorragie interne. Je ne voulais pas tuer le Monstre, je désirais uniquement lui donner une leçon.

Je savais qu'au milieu de son front, le crâne était assez solide pour le protéger.

Il n'aurait droit qu'à un très gros mal de tête.

J'ai visé.

– C'est... c'est à ton... ton tour.

Zut, j'ai bégayé. C'est ce qui arrive quand je suis nerveux. Ça ne fait pas très sérieux comme gardien de l'ordre.

Le Monstre a brandi la canne dans les airs et a bondi dans ma direction.

La bille l'a atteint là où je le désirais.

C'était comme si sa tête venait de rencontrer un bâton de baseball utilisé par un cogneur aux muscles nourris aux stéroïdes anabolisants : elle s'est dirigée vers l'arrière.

Ses jambes se sont soulevées. Puis le Monstre est tombé durement sur le sol.

Pendant un instant, j'ai craint de l'avoir tué.

Non, heureusement. Sa poitrine se soulevait au rythme de ses respirations.

J'étais soulagé.

Je suis allé m'enquérir de l'état du vieil homme. Je lui ai tendu la main pour l'aider à se relever.

– Ça... ça va ?

– Oui, merci. Ces pourritures ont eu ce qu'elles méritaient.

Puis son regard d'homme sage a croisé le mien :

– Fuis, jeune homme. Tes heures sont comptées.

Il a attrapé la laisse de son chat et a vite déguerpi.

Il avait raison : je devais aussi m'en aller.

Lorsque je me suis retourné, j'ai senti qu'on agrippait mon cou.

3

– Fais tes prières !

Le Monstre qui me tenait la gorge était celui que j'avais atteint à la nuque.

Avec sa main gauche, il a couvert sa blessure.

Avec sa droite, il a ceint mon cou. Je commençais à avoir du mal à respirer.

– Au plaisir de te revoir en enfer, il a dit.

Le Monstre a violemment resserré son emprise, mais à deux mains, cette fois.

J'ai senti mon visage bleuir. L'air ne passait plus.

De toutes mes forces, je lui ai flanqué un coup de poing dans l'estomac.

Il m'a relâché et s'est plié en deux, les mains sur le ventre.

Un mot m'est venu à l'esprit : fuir.

Ce que j'ai fait.

Maintenant, je suis dans ce boisé, caché par un énorme rocher, sur le point de cracher mes poumons.

Je réalise ce que je viens de faire. Et ça me fait sourire.

Je viens de donner une leçon à non pas un, mais deux Monstres !

Moi, Mathieu Lazare, quinze ans et, qui plus est, Humain !

Je n'arrive pas à me fixer : suis-je très courageux ou très stupide ?

Je retourne discrètement à la benne à ordures pour récupérer mon sac d'école.

Je croise des Monstres qui parlent fort. Ils ont une discussion enflammée.

Je n'ai pas de mal à imaginer de qui ils parlent.

Je parviens à partir sans me faire remarquer.

Une fois seul sur le trottoir, je me mets à sautiller comme un kangourou et je pousse des cris de victoire.

Même si j'ai failli me retrouver avec un cou de girafe, je viens de vivre le moment le plus excitant de ma vie.

Le score est de 1 pour Mathieu et de 0 pour les Monstres.

J'ai tellement hâte de raconter ce qui vient de se passer à Père.

Tellement. Il va être si fier de moi !

En arrivant à la maison, je vois Mère assise dans les marches de l'escalier extérieur, les mains sur le visage.

Célia, ma petite sœur, a les yeux fermés et sa tête repose sur l'épaule de ma mère.

Mon chien Doc, lorsqu'il me voit, aboie pour que je lui gratte le museau, comme à l'habitude.

Je ne m'arrête pas, car l'état de Mère me préoccupe.

Elle relève la tête.

Son visage est noyé de larmes.

– C'est papa, elle me dit.

Je me précipite dans la maison.

4

J'entre dans la pièce que Mère a aménagée pour que Père puisse se reposer sans devoir monter les escaliers.

Elle est située au rez-de-chaussée. C'était auparavant la salle à dîner.

Père est atteint d'un mal qu'aucun médecin ne peut diagnostiquer.

Ce n'est pas un cancer. C'est encore plus fulgurant.

En deux mois, il est passé d'un homme bien en chair qui avait besoin de moins de trois heures de sommeil par nuit à un homme maigre aux mains squelettiques et à la peau grise.

Ses organes vitaux, les uns après les autres, se sont mis à mal fonctionner.

Personne ne sait pourquoi.

Mon estomac se serre lorsque je constate qu'on lui a installé un tube pour l'aider à respirer.

Sous son masque, je remarque que ses yeux sont maintenus fermés par deux morceaux de papier collant blanc.

Ce matin, j'ai pris mon petit-déjeuner avec lui. Et je lui ai lu son journal.

Je ne comprends pas. Il allait bien.

Une infirmière est aux côtés de Père. Elle observe un moniteur.

– Bon... bonjour.

Elle se tourne vers moi et affiche un sourire de compassion.

– Ah, bonjour, Mathieu.

Je m'approche de Père. Selon ses volontés, il porte toujours le masque blanc inexpressif qui recouvre les dommages que Ratel Émeute, maire de la ville, lui a infligés des années auparavant.

Je ne l'ai jamais vu sans. Père n'a jamais accepté de me montrer l'étendue des dommages.

– Que... que se... se passe-t-il ?

L'infirmière retourne à son moniteur.

– C'est au tour des poumons. Je suis désolée.

– Dé... désolée pour... pourquoi ?

Toujours sans me regarder, elle affirme :

– Le médecin est passé cet après-midi. Depuis ce matin, les reins de votre père ne fonctionnent plus et les battements de son cœur sont irréguliers. Il n'a plus de force pour faire fonctionner ses poumons. Il est dans le coma.

Au cours des dernières semaines, le médecin a souvent déclaré qu'il ne restait que quelques jours à vivre à mon père. Ils ne connaissent rien, les médecins.

Je m'assois à son chevet et je pose mes mains sur lui.

Sa peau est froide et sèche.

– Père ?

L'infirmière touche mon épaule. Puis elle me laisse seul avec lui.

J'appuie ma tête sur le lit.

Père ne va pas mourir.

Il m'en a fait la promesse ! On doit terminer le Projet N !

– Père. J'ai stoppé... stoppé mes deux... deux premiers Mon... Monstres. Ils... ils attaquaient... un vieux... vieux monsieur.

Je sens une pression sur mon bras. C'est mon père.

Il m'entend !

5

– Père ?

Pas de réponse.

– Père ? C'est Ma... Mathieu. Vous... vous m'entendez ?

Rien.

Je sors de la pièce.

L'infirmière discute avec Mère.

– Il... il m'en... m'entend. Il m'a ser...
serré le... le bras !

Encore le sourire de compassion de l'infirmière.

– Je ne crois pas qu'il t'entende. C'est
un réflexe. Un mouvement qu'il n'a pas
contrôlé.

Mère m'observe avec un air de pitié.

– Mathieu. Papa est sur le point de
mourir.

Je fais non de la tête. Je ne la crois pas.

Je retourne dans la chambre de Père.

Je m'assois de nouveau à ses côtés.

Ce matin même, il m'a dit qu'il allait
guérir. Et qu'il nous restait beaucoup de
boulot avant de pouvoir mettre fin à la
dictature de Ratel Émeute.

Depuis plusieurs années, Père travaille
sur un « engin » supposé déstabiliser le
égime Émeute.

Je ne sais pas ce que c'est. Il n'a jamais
voulu révéler un seul iota d'information.

Sauf que c'était moi qui allais contrôler cet engin.

– Père. Dites... dites-moi quelque... quelque chose. Ils disent... disent que vous... vous allez mou... mou... mourir.

C'est alors que Père s'empare de mon poignet avec une force surprenante.

Je sursaute.

Puis avec son index, il monte ma poitrine.

Il veut me dire quelque chose.

– Je... je ne comprends... comprends pas.

Il donne un coup d'index, toujours vers moi.

– Moi ? Qu'est-ce... que... que j'ai ?

Puis sa main retombe sur le lit.

Ce n'était pas un simple réflexe.

J'essaie encore d'entrer en contact avec lui, sans succès.

Je sais qu'il ne va pas mourir. Il ne peut pas mourir.

Je demeure à son chevet jusqu'à l'heure du souper, tentant parfois d'établir la communication avec lui. Ça ne donne rien.

Mère a préparé mon mets préféré : des pâtes *alla carbonara*.

Je n'ai pas faim, mais pour ne pas la peiner, je me force à manger.

Ce qui me vaut une nausée terrible pour le reste de la soirée.

À une heure du matin, j'ai toujours les yeux grand ouverts, le regard fixé sur les craquelures qui parcourent le plafond de ma chambre.

Je pense à Père.

Il m'a sauvé la vie lorsque j'avais onze ans. Après mon grave accident de bicyclette, il a cru que j'allais m'en sortir alors que tous les médecins m'avaient condamné.

Ils disaient que le choc que j'avais subi à la tête était mortel.

Pas lui. Même si cela faisait plusieurs années qu'il n'avait pas pratiqué la médecine et que celle du cerveau n'était pas sa spécialité, il a pris le risque de m'opérer.

Et il a mis à mal tous les pronostics en me sauvant la vie.

Je vais lui sauver la vie comme il l'a fait pour moi.

Je me relève et décide d'aller le voir.

6

Dans la chambre de Père, il n'y a que le bruit de la machine qui l'aide à respirer qui brise la quiétude des lieux.

Je m'assois au chevet de Père. Il est intimement lié à la création de Nirvanaa, la mégapole dans laquelle nous vivons.

Voici ce que l'on peut lire dans nos livres d'histoire, à l'école :

Après la Deuxième Guerre mondiale, les frères McKracken, de riches hommes d'affaires, achètent l'Île-aux-Fantômes pour une bouchée de pain. Cet endroit est reconnu comme le cimetière à ciel ouvert des victimes assassinées par les truands des villes voisines.

Les criminels ne prennent même pas la peine d'enterrer les pièces à conviction qui pourraient les inculper. Ils survolent les lieux en avion privé et jettent les corps et les armes par-dessus bord.

L'Île-aux-Fantômes n'offre à cette époque que de la verdure, des plages, des pièces à conviction et des squelettes. Et supposément des fantômes, d'où son nom.

Personne n'ose mettre les pieds sur l'île, de crainte d'être possédé par un des esprits qui y rôdent. Tous les habitants des villes avoisinantes ont un jour entendu l'histoire d'une personne qui s'y est aventurée et qui aurait croisé un fantôme.

Les frères McKracken, prétendant que ces histoires de revenants ne sont que des sornettes, décident d'exploiter l'île.

Versés dans l'industrie de la guerre, les frères McKracken se voient offrir gratuitement des milliers de pistolets, de tanks, de mitraillettes et autres bombes ayant servi à la Deuxième Guerre mondiale par les belligérants.

En échange, les frères doivent se débarrasser de produits hautement radioactifs dont les dirigeants de nombreux pays ne savent que faire.

Secrètement, les McKracken font creuser un énorme cratère de plus de dix kilomètres carrés en plein milieu de l'Île-aux-Fantômes pour y enfouir le matériel radioactif.

Ils font aussi construire plusieurs bâtisses où ils entreposent les armes qu'on leur a données. Ils comptent les revendre à fort prix aux différents groupes rebelles de la planète qui en ont besoin pour s'imposer.

Les McKracken ne veulent pas savoir à quoi vont servir les armes. Même si c'est pour tuer d'innocentes victimes, ça leur importe peu : ce que les frères McKracken veulent, c'est de l'argent. Beaucoup d'argent.

Au milieu des années 1950, ils font combler le cratère rempli de produits radioactifs. Ils renomment l'Île-aux-Fantômes « Nirvanaa », afin de casser les mythes qui l'entourent.

Ils font construire au-dessus du cratère des immeubles d'habitation, des stations-services, des épiceries et tout ce qu'il faut pour que Nirvanaa soit la ville des années 2000 la plus attrayante du monde.

Quelques semaines avant d'accueillir les premiers habitants, le plus jeune des frères McKracken, Andrew, perd la tête à la suite d'une supposée rencontre avec une entité en colère qui l'aurait mis en garde contre le geste immoral qu'il s'apprêtait à commettre.

Alors âgé de trente-cinq ans, il est interné après qu'on lui a retiré la moitié du cerveau afin de calmer ses accès de frayeur.

Il est devenu invalide, mais il n'a plus jamais eu peur des fantômes.

7

Cela n'arrête pas le plus vieux McKracken. Boris, quarante ans, à coups de millions de dollars en publicité, fait la promotion de Nirvanaa dans les cités avoisinantes.

On prétend que c'est l'endroit idéal pour élever ses enfants, un paradis urbain qui n'a que des avantages. C'est l'an 2000, mais cinquante ans d'avance !

Toutefois on oublie volontairement de mentionner qu'une grande partie du sol est hautement radioactive et donc potentiellement dangereuse.

Des rumeurs courent à cet effet. Boris McKracken les annihile en vendant les terrains et les maisons à un prix dérisoire.

La tactique fonctionne : en moins de cinq ans, Nirvanaa compte plus d'un million d'habitants. Elle vit une expansion exponentielle.

Pendant ce temps, dans le Premier Bourg, là où les premières habitations ont été construites et où on a enseveli le matériel radioactif, les cancers se multiplient. Des parents dans la vingtaine, en pleine santé, meurent du cancer en quelques mois.

Le taux des enfants qui naissent avec une difformité est élevé. Très élevé, même. Plus de dix fois la moyenne nationale.

Les oiseaux à quatre ailes et les écureuils à deux têtes ne sont pas rares.

Des journalistes font le lien avec les produits radioactifs enterrés des années plus tôt. Mais ils n'en disent rien puisque tous les médias appartiennent à Boris McKracken.

Des scientifiques venus d'autres villes arpentent le Premier Bourg avec divers instruments. Leur conclusion est sidérante : le taux de radioactivité est mille fois supérieur à celui qu'un Humain peut absorber sans danger.

Boris McKracken achète le silence des scientifiques. Quant aux incorruptibles, il s'en débarrasse.

Pour calmer les inquiétudes de la population, pendant plus de quinze ans, Boris McKracken commande des études et forme des comités de consultation qui n'aboutissent jamais.

Le Premier Bourg est déserté par les plus fortunés. Les pauvres restent et essaient de survivre.

Il se forme une nouvelle classe de citoyens : les Monstres, les êtres difformes nés sur ces terres.

Les Humains les méprisent et les conspuent. Ce sont des individus de deuxième zone. Lorsqu'ils sont en âge de travailler, 85 % des Monstres sont sans emploi. Beaucoup optent pour la criminalité afin de mettre du beurre sur leur pain.

Dans les années 1970, on raconte que Boris McKracken perd de plus en plus contact avec la réalité. Il change de conseillers comme il change de chemise. Il n'est aussi pas rare de l'entendre se disputer avec de supposés fantômes qui le harcèlent.

McKracken n'arrive plus à gérer le chaos dans sa cité. Les Monstres, qui vivent en grande majorité dans une pauvreté crasse, se révoltent. McKracken utilise la force de son armée pour calmer leurs ardeurs.

Jusqu'au jour où un soldat, accidentellement, tue un garçon Monstre de cinq ans qui jouait dans un parc.

Cet événement tragique entraîna la création du groupe des Révolutionnaires.

8

Les Révolutionnaires sont le résultat de la fusion d'un groupe de rebelles Humains et Monstres. Le premier est dirigé par Edgar Lavoix et le second, par un certain Ratel Émeute.

Edgar Lavoix et ses supporteurs reconnaissent que si les Monstres ont des conditions de vie aussi misérables, c'est en grande partie de la faute des Humains.

C'est la première fois qu'Humains et Monstres s'allient dans le même but : celui de renverser le maire McKracken et de rendre Nirvanaa à ses citoyens.

Edgar Lavoix est reconnu pour l'utilisation régulière qu'il fait de la violence pour arriver à ses fins.

Ratel Émeute, pour sa part, est un Monstre pacifique qui désire uniquement que ses congénères vivent dans des conditions décentes.

Devant l'urgence du moment, ils s'entendent pour prendre les décisions à deux. La population appuie les Révolutionnaires et le vent souffle dans la bonne direction.

L'Histoire est modifiée à tout jamais lors de la Nuit des munitions. Les Révolutionnaires, avec à leur tête Lavoix et Émeute, prennent le contrôle des entrepôts de McKracken où sont conservées les armes de la Seconde Guerre mondiale.

Armés jusqu'aux dents, Ratel Émeute et Edgar Lavoix pénètrent dans l'hôtel de ville et prennent possession des lieux. L'armée abdique et se range du côté des Révolutionnaires.

Edgar Lavoix, dans un accès de crise de pouvoir, abat à bout portant le maire McKracken, puis retourne son arme contre Ratel Émeute, situé à moins de deux mètres de lui.

– Par toi débute l'extinction des Monstres, lui dit Lavoix.

Il tire plusieurs balles dans la direction d'Émeute, mais aucune ne l'atteint. Ratel

Émeute dira plus tard que « le Destin lui a servi de bouclier ».

On raconte qu'Edgar Lavoix, constatant qu'il n'avait pas touché une seule fois son ennemi, en a été si troublé qu'il a été victime d'auto-combustion.

Dès lors, un culte mystique se forme autour de Ratel Émeute. Au début de son règne, il voit les Monstres et les Humains le traiter comme un Sauveur aux pouvoirs surnaturels.

Dans la première année de son accession au pouvoir, Ratel transforme Nirvanaa en cité-État, fait frapper des pièces de monnaie à son effigie et donne à la cité une constitution conférant au maire tous les pouvoirs.

Et le maire, c'est lui. C'est le Destin qui en a décidé ainsi.

Les livres d'histoire sont écrits par les vainqueurs. Je sais que ce qu'on nous apprend à l'école est de la foutaise.

La version d'Émeute Ratel, c'est celle qu'on fait entrer de force dans nos têtes. Du bourrage de crâne destiné à perpétuer son mythe.

Moi, je sais ce qui s'est vraiment passé.

Parce que Edgar Lavoix, c'est Père.

9

Voici la stricte vérité.

Éduqué en développant une haine envers les Humains et vivant dans une pauvreté indescriptible, Ratel Émeute fuit un foyer hostile à l'âge de onze ans. Pour survivre, il mendie le jour et dort la nuit sur des piles de sacs à ordures dans les ruelles de Nirvanaa.

Dans cette jungle, il doit se battre lorsque nécessaire, mais c'est surtout grâce à son intelligence supérieure qu'il se démarque. Il sait choisir ses alliés, et il sait surtout quand les éliminer.

Plus il vieillit, plus ce Monstre réalise qu'il vit dans un monde qui ne connaît de Justice que le nom. Il devient impitoyable.

Ratel Émeute n'aime qu'une seule personne : lui-même. Il se sert de la tête des autres comme de marches pour grimper les échelons. Dès que ses alliés ne lui sont plus utiles, il s'en débarrasse comme d'un mouchoir usagé.

Au contraire de tous les Monstres qu'il a côtoyés, Ratel Émeute aspire à beaucoup plus que voler à la tire toute sa vie. Il veut réaliser l'impensable pour un être de son espèce : devenir maire de la ville. Les gens avec qui il partage ses ambitions lui rient au nez.

Pour atteindre son but, il lui faut quitter l'univers des escrocs et briser le plafond de verre qui empêche les Monstres de devenir des gens respectés par la société, autant par les Humains que par les Monstres eux-mêmes. Il comprend que pour y arriver, il va devoir travailler son image.

Ce ne sera que lorsqu'il aura les coudées franches qu'il fera de Nirvanaa une cité à son image.

À cette époque, Edgar Lavoix, mon père, est un jeune médecin qui travaille dans le bidonville de Nirvanaa. Il est le premier Humain à oser soigner des Monstres. Les horreurs qu'il constate sur le terrain le rendent sensible à leur cause. Il milite pour de meilleures conditions de vie pour eux. Il est le premier à affirmer sans ambages que les Humains sont en grande partie responsables du malheur des Monstres. Il provoque un tollé au sein des Humains.

Ratel Émeute entend parler de lui. Depuis longtemps, il cherche un moyen de se donner une bonne image auprès des Humains. Il le rencontre et lui propose de créer une coalition.

Ratel Émeute et Edgar Lavoix se disent « frères de cœur ». Vu aux côtés de Lavoix, Émeute redore son blason. Certains Humains se mettent à l'admirer et à compatir à son sort et à celui des Monstres.

Ratel Émeute est l'exemple parfait de la rédemption. D'enfant misérable et versé dans la criminalité, il devient un Monstre qui se bat pour les siens et qui est respecté pour ses convictions.

Grâce à cette collaboration, les Monstres ne sont plus vus comme des scélérats, mais comme des individus désespérés qui posent des gestes désespérés.

Edgar Lavoix et Ratel Émeute ont maintenant un objectif commun : aider les Monstres à briser le cercle vicieux de la misère. Pour ce faire, ils doivent mettre fin à la corruption qui ronge les entrailles de la ville.

Edgar Lavoix utilise la voie de la diplomatie.

Ce n'est pas au goût de Ratel Émeute.

Dès que l'occasion se présente, ce dernier met à exécution un plan qu'il peaufine depuis longtemps : prendre d'assaut les entrepôts d'armes. Ce sera la Nuit des munitions.

Sans mettre au courant Edgar Lavoix, Ratel Émeute et d'autres Monstres assiègent la mairie. On ne reverra plus jamais Boris McKracken.

Ratel Émeute n'a ainsi aucun pouvoir surnaturel. Il invente des balivernes pour impressionner les incrédules.

Le lendemain, catastrophé devant une telle violence et blessé par la duplicité de son « frère de cœur », Lavoix affronte Émeute.

Il échappe de peu à une tentative d'assassinat et s'enfuit.

Quelques semaines plus tard, traqué, il est sur le point de quitter Nirvanaa sur un radeau de fortune. Ratel Émeute parvient à mettre la main sur mon père. Immobilisé par cinq autres Monstres, ce dernier voit Ratel Émeute déposer, goutte après goutte, de l'acide sulfurique sur son visage, jusqu'à le défigurer.

– Tu nous aimes tant, nous, les Monstres. Je te baptise donc Monstre !

Ratel Émeute épargne les yeux d'Edgar Lavoix, mais il fait disparaître les empreintes digitales de Père. Puis il élimine son nom des registres de la ville.

Ainsi, si Père tente de rassembler ses supporteurs afin de créer une révolution, il va passer pour un imposteur opportuniste et fou.

Edgar Lavoix est alors laissé à lui-même, sans identité.

10

L'arrivée de Ratel Émeute et de ses sbires à la tête de Nirvanaa, il y a une vingtaine d'années, a engendré une société cruelle et injuste, à l'image de son maire.

Nirvanaa, une mégacité située sur une île en état de décrépitude avancée, est grugée par la pauvreté, la criminalité et le cynisme.

Ratel Émeute, pour camoufler le fiasco de son administration, ment à la population.

Il falsifie les statistiques.

Il cache la vérité.

Il graisse la patte des médias.

Il épie Internet et censure de nombreuses informations.

Les personnes qui refusent d'entrer dans son jeu disparaissent mystérieusement.

Leur corps est parfois repêché dans la Rivière-aux-Fantômes, des mois plus tard.

Ratel Émeute dirige sa cité-État comme bon lui semble.

Se disant armé jusqu'aux dents, le maire prétend détenir la bombe atomique. Le reste du monde est sur ses gardes et n'ose pas s'attaquer à lui.

Les ennemis de la cité-État paient de leur vie leur crime de lèse-majesté. Les exécutions sont publiques et filmées. Ainsi, Ratel Émeute terrorise ses citoyens.

Les rives de l'île sont clôturées par des murs de plus de trois mètres de haut hérissés de fil barbelé.

Ratel Émeute affirme que c'est pour repousser les immigrants à la recherche d'une société accueillante.

En réalité, Nirvanaa est une prison.

On ne peut pas sortir de la ville sans un visa spécial octroyé uniquement aux amis du maire.

Chaque jour, des hommes, à la recherche d'une vie meilleure, tentent de fuir sur des radeaux de fortune. Pour un qui parvient à atteindre la rive de la ville voisine, mille n'y arrivent pas, interceptés par des soldats en bateau.

Dans ses discours-fleuves qui durent parfois plus de deux heures et qui sont retransmis en direct à la télévision, à la radio et sur Internet, le maire ne cesse de rappeler que s'il a été protégé des balles de son frère ennemi (il parle de Père), c'est qu'il est un dieu vivant.

Père a toujours dit que le déclin de Ratel Émeute sera provoqué de l'intérieur et non de l'extérieur.

Sa chute va bientôt arriver.

Père et moi comptons la provoquer.

11

Sur la pointe des pieds, je descends les marches.

Leurs craquements me trahissent.

Je m'arrête.

Heureusement, ni Mère ni Célia ne se réveille.

Dans la chambre où se trouve Père, l'infirmière de garde dort sur un lit de camp.

Je m'approche de la civière.

Je tends l'oreille : aucun bruit outre ceux des machines qui tiennent Père en vie. Je m'assois et l'observe.

– Père ? Vous m'en… m'entendez ?

Rien.

Puis une idée me vient à l'esprit.

J'approche mes mains de sa tête dans l'intention de lui retirer son masque.

J'hésite.

Père n'a jamais voulu qu'on voie son visage nu.

– Si tu découvres à quoi je ressemble, il m'a déjà dit, tu ne pourras jamais effacer cette image de ta tête. Ce n'est pas le souvenir que je veux que tu gardes de moi.

Je lui ai fait la promesse, même après sa mort, de ne jamais poser mes yeux sur lui sans son masque.

Mais la tentation est trop forte. L'idée que j'ai eue est irrésistible.

Depuis des années, je m'efforce d'imaginer les traits de mon père.

Je veux savoir ce que Ratel Émeute lui a fait.

Je me rassois. Et pose mon front sur le bord du matelas.

Je jette un coup d'œil à l'infirmière. Elle dort profondément.

Je vais fermer la porte.

Lentement, je soulève le masque.

Et pour la première fois de ma vie, je vois la figure de mon père.

Je suis si choqué que j'en échappe le masque.

Je fais un pas en arrière et tourne la tête.

Jamais je n'aurais pu envisager pareille horreur. C'est indescriptible.

Père a la tête d'un mort-vivant.

Je regarde de nouveau. J'ai peine à imaginer qu'il s'agit de Père. La souffrance a dû être terrible. Même des années plus tard, il lui arrivait de se plaindre de douleurs au visage.

L'infirmière babille des paroles incompréhensibles qui me sortent de mon marasme.

Vitement, je récupère le masque sur le sol et le replace.

Je retourne dans ma chambre, grimpant les marches deux par deux.

Je n'arrive pas à m'endormir.

Père a raison : je ne pourrai plus jamais m'enlever cette image de la tête.

12

Au petit matin, je suis heureux d'apprendre que Père est toujours vivant, même si le médecin a prédit qu'il ne passerait « sûrement pas » la nuit.

Je le savais. Père est un batailleur. Il va s'en sortir.

Il le faut. Sans lui, le Projet N tombe à l'eau.

Je n'arrive cependant pas à faire le vide dans mon esprit.

Son visage massacré par Ratel Émeute est imprimé dans ma tête.

Je lui en veux tant de lui avoir fait subir un tel sort que ça me coupe l'appétit.

Avec ma cuillère, je tasse les céréales dans mon bol.

– Mathieu ? dit Mère. Ton autobus. Tu n'as presque pas mangé, ça va ?

Je jette un œil à l'horloge. Je suis encore en retard.

Le directeur de l'école m'a bien averti : la prochaine fois que j'arriverai en retard, ce sera la suspension.

Je vide mon verre de lait d'un trait.

J'agrippe mon sac à dos et, avant de sortir, je vais saluer Père.

– Ce soir, tu... tu vas... al... aller mieux.

Je cours en direction de l'arrêt d'autobus. J'arrive au moment où le dernier élève embarque.

Comme d'habitude, Télémaque, mon seul et meilleur ami, m'a réservé une place.

– Yo, Lézard.

Il est le seul à m'appeler Lézard. Je déteste ce surnom. Mais même si je le lui ai dit je ne sais combien de fois, il continue. En fait, parce que je le lui ai dit, il continue à m'appeler de la sorte.

– Qu'est-ce qui se passe ? T'es aussi blanc et gluant qu'un asticot. T'as dormi dans les poubelles ?

Ce Télémaque, toujours le bon mot pour me remonter le moral.

– J'ai mal dormi.

– Ton père ?

– Ouais. Il ne va pas bien.

– Désolé. Dis, hier après-midi, tu faisais quoi ? Je me suis battu avec un esprit vengeur qui aurait pu donner plein de points d'expérience. J'ai perdu parce que t'étais pas là. C'est poche.

C'est du « Monde de Syrinx », un jeu vidéo en ligne, que Télémaque me parle. Lui et moi, on forme une équipe du tonnerre. On s'est créé deux personnages terrifiants que personne ne souhaite rencontrer sur son passage.

On aurait pu être des elfes noirs, des trolls sanguinaires ou des nains démoniaques.

Mais on n'a pas cédé à la facilité.

Nous sommes plutôt Rollo et Bollo. Lui, Rollo, est un chien saucisse déguisé en pirate. Moi, Bollo, suis un perroquet accroché sur son dos.

Nous parcourons virtuellement l'univers de Syrinx dans cet accoutrement. Et nous essayons d'éliminer toutes les créatures qui entravent notre chemin. Parfois, on n'a même pas besoin de les attaquer, elles meurent de rire en nous voyant.

Je passe beaucoup d'heures par semaine en ligne sur Syrinx, mais ce n'est rien en comparaison avec Télémaque qui passe TOUS ses temps libres en chien saucisse pirate.

Ça commence à affecter son équilibre mental, je crois.

Une fois à l'école, nous descendons de l'autobus. Il y a un attroupement devant les portes de l'entrée.

Ma mâchoire se crispe lorsque je constate ce qui se passe.

13

Des Monstres s'en prennent à un Humain. Ils sont quatre contre un, les lâches. Ils se sont emparés de son téléphone cellulaire et se le lancent en rigolant.

Le visage de Père me revient à l'esprit.

Personne n'aide l'Humain. Pas même les autres Humains qui observent, apathiques.

Si j'avais ma cagoule et mon lance-pierre avec moi...

– Mais il faut faire quelque chose, je dis à Télémaque.

– Ah oui ? Comme quoi ? On pourrait se dessiner des trucs sur le ventre, lever notre chandail et les encourager.

– Il faut que ça cesse, tout ça. Il faudrait leur donner une leçon.

Télémaque se tourne vers moi.

– T'es malade, ou quoi ?

– Pourquoi on ne se révolterait pas ? Nous sommes dix contre un.

– T'as la mémoire courte. Tu te souviens du dernier élève qui a osé tenir tête aux Monstres ?

Oui, je m'en souviens.

Son casier a été vandalisé, l'élève a été dénudé en pleine cafétéria (il a dû se cacher avec des plateaux), il a été menacé de coups et de blessures, et il a reçu des coups et des blessures.

Il a même fallu qu'il change d'école.

– Si t'as le goût d'aller discuter avec ces Monstres sympas, vas-y. Mais laisse-moi te rappeler qu'on n'est pas dans le Monde de Syrinx, ici. On n'a pas des vies illimitées.

La cloche sonne, indiquant que les cours commencent bientôt.

J'hésite avant d'entrer dans l'école.

Je regarde les Monstres jeter le téléphone sur le sol et le briser avec leurs pieds. Je me sens comme un pleutre.

Je veux agir, mais je sais qu'on va me le faire payer.

Télémaque tire sur mon sac d'école.

– Laisse-les faire. On n'y peut rien.

Il a tort. J'y peux quelque chose. Mais seul, c'est kamikaze.

Résigné, je suis mon ami dans l'école.

Je dis à Télémaque que je vais aller le rejoindre et j'entre dans la première toilette réservée aux Humains que je vois. J'asperge mon visage d'eau froide.

Lorsque je relève la tête, je constate dans le reflet du miroir que trois Monstres viennent d'entrer à ma suite.

Ils s'arrêtent derrière moi, les bras croisés.

14

Je fais comme si les trois Monstres n'étaient pas là.

Surtout, ne jamais les regarder droit dans les yeux.

Ça pourrait être interprété comme une provocation.

Qu'est-ce qu'ils me veulent ? Je ne suis pourtant pas dans les toilettes qui ne sont fréquentées que par les Monstres.

Officiellement, les Humains et les Monstres partagent toutes les toilettes de l'école.

Mais officieusement, il n'y en a qu'une poignée où les Humains ont le droit d'aller se soulager.

Les plus sales, bien entendu.

Je sens leur regard sur moi.

Je tire du papier du distributeur accroché au mur et m'essuie le visage.

Alors que je veux jeter le papier à la poubelle, un des Monstres me bloque le chemin.

Je fais une boule avec le papier humide et la fourre dans ma poche.

Je les ignore toujours et me dirige vers la sortie.

Un autre Monstre, qui a trois bras, referme la porte.

Je comprends qu'ils m'ont fait prisonnier.

15

– C'est toi, Mathieu Lazare ?

Inutile de faire comme s'ils n'étaient pas là.

Avec la tête, je fais oui, le visage tourné vers le sol.

– On raconte que tu bégaies. C'est vrai, ça ?

Je fais encore oui de la tête.

De nulle part, je reçois un coup de poing dans l'estomac qui bloque ma respiration.

Je me plie en deux de douleur.

On me pousse et je tombe par terre.

Le Monstre à trois bras m'arrache mon manteau et en fouille les poches.

Un de ses amis ouvre mon sac d'école et vide son contenu sur le sol.

On tire sur mon chandail pour me relever.

– Y'a mon frère et son ami qui ont été attaqués hier par un crétin qui bégayait. C'est toi ?

Toujours le regard rivé au sol :

– No... no... non.

Le Monstre fait comme moi :

– No... no... non. Men... men... menteur !

Ses amis rient de son imitation.

Il me flanque un autre coup dans l'estomac, cette fois avec son genou.

– Z'avez trouvé quelque chose d'intéressant ? le Monstre demande.

– Nan, y'a rien.

Il tire de nouveau sur mon t-shirt.

– Regarde-moi !

Mes yeux dans les siens. J'ai croisé quelques fois ce Monstre dans l'école : il a deux pupilles dans chaque œil.

– C'est peut-être pas toi, c'est peut-être toi. Si c'est toi, on va le découvrir et t'es pas mieux que mort. Compris ?

Je fais oui de la tête.

– Je veux te l'entendre dire, il me crache au visage.

– O... o... oui.

Il m'imite une fois de plus. Ses camarades rient bêtement.

– Bien. Si t'apprends quelque chose sur cette histoire de la part de tes amis Humains, je veux le savoir. Mon nom est Voyeur. Tu vas te le rappeler ?

La cloche sonne pour annoncer le début des cours.

– Allez, répète-le !

– Vo... Vo... Voye...

Il me pousse vers le plancher bétonné. Je me cogne la tête sur le mur.

– Laisse faire, c'est trop long.

Encore des rires.

Avant de sortir, Voyeur me marche sur les doigts.

16

En théorie, lorsqu'on se fait agresser par un Monstre, on peut le dénoncer à monsieur Taulard, le directeur de l'école.

Qui, lui, mène une « enquête » pour en venir à la conclusion qu'il n'a pas assez de preuves pour imposer une sanction.

Deux choses :

1 Monsieur Taulard, un Humain, craint les représailles ; il ne compte plus les fois où les pneus de son automobile ont été tailladés par des Monstres insatisfaits de ses décisions. Les Monstres s'en sortent toujours nickel avec lui.

2 Les Monstres savent que l'Humain a porté plainte, ils peuvent donc laisser libre cours à leurs projets de vengeance. Ils ont beaucoup d'imagination quand vient le temps de trouver des idées pour malmener un délateur.

Voilà pourquoi je ne vais pas voir le directeur.

Je vais faire comme tous les Humains de l'école : encaisser et me la fermer.

J'entre dans ma classe, incapable de tenir mon dos droit et les doigts meurtris enrobés dans du papier hygiénique trempé d'eau froide. Le professeur me regarde d'un œil torve :

– En retard, monsieur Lazare.

– Dé... déso... solé...

Je vais m'asseoir à ma place.

Télémaque, à ma droite, soulève les épaules :

– Qu'est-ce qui s'est passé ?

Je lui fais signe que tout va bien.

Pendant le cours, je songe à ce qui vient de se produire : mon bégaiement m'a trahi.

Je n'ose pas imaginer la réaction des Monstres s'ils avaient trouvé mon lance-pierre et ma cagoule dans mon sac d'école.

Ils m'auraient fait passer par le trou de l'évier.

Ou pire : ils m'auraient relâché et, alors que je ne m'y serais pas attendu, m'auraient servi la leçon de ma vie.

Je passe le reste de la journée à longer les murs des corridors.

Je suis mort de peur.

Je comprends maintenant mieux pourquoi personne ne s'en prend aux Monstres : leurs techniques de dissuasion sont ultraefficaces.

Je ne raconte même pas à Télémaque ce qui s'est passé. De crainte qu'on nous entende ou que mon ami en parle à quelqu'un d'autre.

À la fin de la journée, mon estomac est encore sensible, mais je peux marcher droit. Mes doigts ont bleui, mais il n'y a rien de cassé.

Pour ne pas prendre le risque de rencontrer un Monstre dans l'autobus, je marche jusqu'à la maison.

C'est plus de huit kilomètres et ça me prend deux heures.

En entrant, j'ai les pieds en compote.

Je vois Mère assise à la table de la cuisine. Elle tapote ses yeux avec un mouchoir.

– Mathieu, c'est fini.

17

Lorsque Mère m'apprend la mort de Père, c'est comme si on essayait de percer ma cage thoracique avec un marteau-piqueur.

Je suis sans voix. J'ai du mal à respirer.

C'est impossible. Il m'avait promis qu'il allait s'en sortir.

Je me jette dans la chambre que Père occupait.

Il n'y est plus. Ni la machinerie qui le maintenait en vie.

Il ne reste plus que le lit et une commode.

Je m'assois sur le matelas.

Une partie de moi comprend ce qui se passe, tandis que l'autre, pas du tout.

Je sens qu'elles vont bientôt se rejoindre et fusionner.

Ce qui arrive lorsque Mère pose une main sur mon dos.

Père est mort ! MORT !

Je m'effondre sur son lit de mort où je verse toutes les larmes de mon corps.

Une fois que je suis calmé, Mère se lève et ouvre un tiroir de la commode de Père. Elle me remet une boîte métallique que je reconnais.

– Il tenait à ce qu'elle soit à toi.

Il s'agit du jeu de dominos de Père. Je ne me rappelle plus le nombre de fois où on a joué ensemble.

Il gagnait une partie sur dix. Soit il était ultranul, soit il me laissait gagner. J'opte pour la deuxième raison.

Un jour que l'on discutait du Projet N, je lui ai demandé comment une seule personne, moi en l'occurrence, même équipée d'un « engin » révolutionnaire, pourrait venir à bout d'un Monstre aussi puissant que Ratel Émeute.

– Attends-moi un instant.

Il a sorti sa boîte de dominos et les a mis debout les uns à côté des autres, en forme de rang.

– Regarde bien.

Lentement, il a fait avancer son index et a poussé le premier domino. En moins de deux secondes, il avait entraîné les autres dans sa chute.

– Qu'est-ce que tu comprends de ma démonstration ?

– Eh bien... Il ne faut qu'un seul domino pour faire tomber tous les autres, même s'ils sont plusieurs.

– Donc tu te vois comme le premier domino de la chaîne ? Celui qui fait basculer tous les autres ?

– Oui.

« Lentement, il a fait avancer son index et a poussé le premier domino. En moins de deux secondes, il avait entraîné les autres dans sa chute. »

– Erreur, il a dit en me montrant son index. Tu es le doigt qui a poussé le premier domino. Tous les autres sont couchés. Tu n'es pas l'un des leurs, parce que tu utilises un pouvoir que seul toi possèdes : celui d'être différent.

Il a remis les dominos debout. Puis m'a demandé de les pousser avec mon doigt.

– Tu vois, il m'a dit, la dictature de Ratel Émeute, ce sont les dominos. Et toi, tu seras la force extérieure qui va la renverser.

Beau symbolisme, je me suis dit. Mais concrètement, comment allait-il s'appliquer ?

J'étais loin de me douter que, bientôt, j'allais obtenir une réponse.

18

Je vais retrouver Doc à l'extérieur avec la boîte de dominos sous le bras.

Doc est un cadeau que Père m'a offert pour mes douze ans. Je l'adore, ce chien.

Je m'assois à ses côtés. Il pose sa tête sur ma cuisse et je lui gratte le museau.

Sa présence me rassérène quelque peu, puis je sens une angoisse irrésistible monter en moi.

Que nous arrivera-t-il sans Père ? Il avait la solution à tous les problèmes.

Et le Projet N ? Il est mort avec Père. Je ne saurai jamais en quoi consistait « l'engin ». Ratel Émeute poursuivra donc sa suprématie sans être inquiété.

C'est injuste.

Les jours suivants passent comme dans un rêve.

Père n'est pas exposé et ses funérailles sont célébrées prestement. Mère n'a pu que lui offrir un cercueil fait de planches de bois non traitées.

Mère m'apprend que les infirmières qui se sont relayées à son chevet au cours des derniers mois ont absorbé toutes les économies familiales.

Les deux seules choses qui restent sont la maison et la boutique de fleurs. Mère y travaillera désormais seule.

Elle me fait comprendre qu'il faudra que je me trouve un emploi pour l'aider à joindre les deux bouts.

Devant son désarroi, je la rassure, lui dis que tout va bien se passer. Même si je ne sais pas plus qu'elle ce que le futur nous réserve.

Beaucoup des responsabilités assumées par Père reposent maintenant sur mes épaules.

Y compris calmer les anxiétés de Mère. L'argent en est souvent la source.

Le toit de la maison coule, la plomberie est défaillante et les fondations sont fissurées.

Faudra bientôt y remédier.

Je ne lui dis pas, mais tout cela me pèse. Serai-je à la hauteur ? Mère soutient que je suis trop jeune pour avoir tant de responsabilités. Je peux les assumer, je le sens.

Je ne peux pas laisser tomber Mère et Célia. Elles ont besoin de moi.

Lors d'une de mes nuits agitées, je rêve de Père et de son visage massacré à l'acide sulfurique.

Il s'empare de mon poignet, me tasse et me montre du doigt avec insistance un objet qui se trouve derrière moi, mais que je ne vois pas.

Je me réveille en sursaut.

Puis j'ai une révélation : un jour avant son décès, si ce n'était pas moi qu'il avait désigné avec son index ?

19

Je retourne dans la pièce où il est mort.

Mère l'a aménagée de nouveau en salle à dîner. Malgré cela, nous préférons manger dans la cuisine.

Je me remémore où était Père et où j'étais assis.

Et je tente de figurer dans quelle direction il a pointé le doigt et ce qu'il y avait derrière moi.

J'en conclus qu'il s'agit de la commode d'où Mère a sorti la boîte de dominos.

Elle comporte quatre tiroirs.

En ouvrant le premier, celui du haut, je respire l'odeur de Père. Je prends une de ses camisoles et la colle à mon nez.

C'est tellement lui.

Puis je me mets à fouiller. Des chaussettes, des culottes, des pyjamas et beaucoup de babioles sans importance.

Idem pour les deux autres tiroirs.

Lorsque je tire vers moi le dernier, l'avant cède. Je retire complètement ce qui reste des rails. Je tente de réparer le tiroir.

En mettant ma main dessous, je sens un objet.

Je retourne le tiroir. Il y a une petite clef, comme celle d'un cadenas, scotchée sous le panneau du fond.

Est-ce ce que Père indiquait ? Si oui, à quoi peut-elle bien servir ?

Je fais glisser tous les tiroirs et observe tous les dessous. Sur celui du haut, je trouve un plan dessiné au crayon de plomb.

Il me faut quelques instants pour y reconnaître le garage.

Une petite clef a été dessinée sur le plan.

Ça ne peut pas être un hasard.

Je prends la direction du garage.

20

Lorsque je sors de la maison, Doc, couché dans sa niche, émet un court jappement d'excitation.

– Chut !

Je sais que si j'entre dans le garage sans lui, il va se mettre à japper de frustration et réveiller tout le quartier.

Avant de détacher mon chien, je lui dis :

– Pas de bruit, d'accord ?

Qui sait, Doc est tellement génial qu'il va peut-être me répondre un jour ?

Les seules fois où j'ai mis les pieds dans le garage, je me suis enfui en hurlant, son désordre provoquant en moi une frayeur sans nom.

C'est un véritable capharnaüm. Un endroit où se sont retrouvés tous les objets qu'on ne désirait plus au fil des ans, mais que Père ne voulait pas jeter.

Il aimait accumuler les choses. Il disait que tout pouvait servir, même une rognure d'ongle (il ne m'en a jamais fait la démonstration).

Père a déjà tenté de mettre un semblant d'ordre dans le garage. Mais avec le temps, il a abandonné.

Quand j'étais plus jeune et trop turbulant, Père me menaçait de m'obliger à mettre de l'ordre dans cette pièce si je ne me calmais pas. Sa menace avait un effet instantané sur moi.

Cela doit bien faire deux ou trois ans que je ne suis pas entré là.

Je tire la porte de bois à moitié rongée par la pourriture. Dès que l'espace est suffisamment grand, Doc se glisse dans le garage comme si sa vie en dépendait. Il me marche sur les pieds.

– Hey, oh, relaxe, Bonhomme !

Je tâtonne le mur de droite, à la recherche de l'interrupteur qui fera de la lumière. Je le trouve et le soulève.

Je n'ai droit qu'à un éclair lumineux d'une demi-seconde. L'ampoule vient de brûler.

– Super !

Je vais chercher la torche électrique dans la maison. Bien sûr, les piles sont mortes.

Ma mauvaise humeur augmente d'un cran.

À cette heure, je devrais être dans mon lit à rêver de la plus belle fille de l'école. Pas être à la recherche de piles pouvant alimenter une torche.

Je trouve des piles dans la cuisine, dans le tiroir fourre-tout.

J'entre de nouveau dans le garage.

Le faisceau lumineux révèle un bric-à-brac pire que je ne l'imaginais.

Devant moi s'entasse une multitude d'objets tous plus dépareillés les uns que les autres : un moteur d'automobile, des morceaux d'aluminium tordus, des ordinateurs éventrés (je déteste les ordinateurs !), des outils, une carrosserie de camion et j'en passe.

À certains endroits, les amas d'ordures touchent presque le plafond. C'est consternant.

C'est un dépotoir, ce garage !

Je crains qu'en éternuant, mes vibrations déstabilisent un amoncellement qui s'effondrerait sur moi.

Il n'y a rien de bon ici. J'abandonne l'idée de dénicher une serrure pour la mystérieuse clef.

Je siffle.

– Doc. Allez, Bonhomme, on s'en va.

Pas de réponse. Pourtant, il est habituellement obéissant.

– Doc ? T'es où, Bonhomme ?

Toujours rien. Une coche de plus pour ma mauvaise humeur.

– Allez, Doc. J'ai pas le goût de jouer.

Pas de chien en vue.

– Sac à puces, s'il faut que j'aille te chercher...

Ne me laissant pas finir la menace que j'allais proférer, il jappe.

21

Le jappement de Doc est venu de ma droite. J'emprunte le seul chemin possible.

– Doc, t'es où ?

L'idée de devoir un jour faire le ménage de ce garage m'atterre. Parce que ce ne sera évidemment pas Mère ni Célia qui le fera, c'est certain. Si je le pouvais, je ressusciterais Père juste pour qu'il m'aide et le laisserais mourir en paix par la suite.

Une autre injustice ! Je vais y entrer adolescent et je vais en ressortir vieillard. Si je ne suis pas mort de découragement…

J'ai de la difficulté à croire que Père passait tous ses temps libres ici. Il n'y a pas de place pour travailler.

Plus je m'enfonce, plus la diversité des objets empilés les uns par-dessus les autres me mystifie. Qu'est-ce que Père fabriquait avec tout cela ?

Je pense immédiatement à son « engin » pour venir à bout de Ratel Émeute. Il a toujours été assez secret à ce sujet. Mais il m'a dit plusieurs fois que j'allais être le seul à pouvoir l'utiliser.

J'ai imaginé un tank. Mais c'est trop gros.

J'ai songé à une super arme à feu qui, en plus de projeter des munitions à la vitesse de la lumière, pourrait cracher du feu et jeter une décharge électrique. *Cool*, mais jamais une seule arme ne pourrait déstabiliser le régime Émeute. Il faudrait une armée de combattants.

Une bombe que je lancerais sur la tour Émeute, le quartier général du maire ? Trop extrême. Jamais Père n'aurait pris le risque de faire d'innocentes victimes.

Lorsque je le pressais de questions, Père me disait : « Patience, tu vas bientôt savoir. »

Il m'en faudra de la patience puisqu'il est mort sans me révéler ce sur quoi il travaillait.

Je doute sérieusement que l'« engin » soit dans ce lieu chaotique.

Me voilà rendu au bout du garage sans avoir vu mon chien.

– Doc ? T'es où ?

Je l'entends couiner tout près de moi, comme lorsqu'il veut attirer mon attention.

Il est à ma gauche. Plusieurs morceaux de tôle rouge dont la peinture est défraîchie bloquent mon passage. Je dépose la torche électrique et entreprends de tasser ces morceaux.

Là, je retrouve mon chien, lové sur ce qui ressemble à une plaque d'acier vissée dans le sol.

– Qu'est-ce que tu fais ? Allez, viens.

Il ne m'obéit pas. Je le prends par le collier et le tire vers moi.

– Allez !

Doc se relève et laisse entrevoir un cadenas et une porte sur la plaque d'acier. Cette porte semble mener vers une pièce un étage plus bas.

Je fouille dans ma poche et sors la clef trouvée sous le tiroir.

Je la fais pénétrer dans la serrure et la tourne vers la droite.

Le cadenas se déverrouille.

22

Une fois le cadenas déverrouillé, je soulève la lourde porte de métal. Comme il l'avait fait avec celle du garage, Doc n'attend pas que celle-ci soit complètement ouverte pour se glisser à l'intérieur.

Je comprends que ce n'est pas la première fois que mon chien vient ici. Père et lui partageaient des secrets.

Je jette un œil dans le sous-sol avec ma torche. Il y a des marches en bois, une dizaine. Je les emprunte.

Une fois en bas, je cherche un interrupteur. J'en trouve un à ma gauche.

Plusieurs néons au plafond se mettent à diffuser leur lumière blafarde.

Je suis stupéfait par ce que je découvre.

Il s'agit d'un laboratoire. Il y a un ordinateur, une table en acier inoxydable, plusieurs outils accrochés au mur, un canapé (sur lequel Doc a déjà pris ses aises), un petit réfrigérateur, un microscope et beaucoup de composants électroniques.

Mon pied bute sur une boîte au seuil des marches. Elle est remplie de pièces de monnaie de Nirvanaa. Elles ont une particularité : d'un côté, il y a le profil de Ratel Émeute et de l'autre, un engrenage a été estampé. J'en glisse quelques-unes dans ma poche.

Dans un coin, je découvre une boîte rectangulaire constituée de planches de bois. Elle est posée debout. Elle me fait beaucoup penser au cercueil de Père.

Je m'en approche.

Que peut-elle contenir ? Il n'y a qu'un seul moyen de le savoir.

J'ouvre le couvercle et je suis immédiatement abasourdi par son contenu.

23

– Whouâ, trop *cool* !

Il s'agit d'une armure.

Il y a un plastron en aluminium avec un logo sur le devant, au niveau du diaphragme. C'est un engrenage, le même que sur les pièces de monnaie.

Les bras et les jambes sont recouverts de pièces mécaniques. On dirait qu'elles ont été arrachées à un robot.

Puis il y a un casque en aluminium brossé de couleur rouge et jaune. Les yeux sont aussi fabriqués à partir d'engrenages et il y a une grille à la hauteur de la bouche.

Je prends le casque et le pose sur ma tête. Il me va comme un gant. Je vois comme si je portais des verres fumés. Je cherche un miroir, mais je n'en trouve pas.

C'est clairement moi qui vais gagner le prochain concours du plus génial costume d'Halloween !

Il ne me reste plus que l'ordinateur à explorer. Mon estomac se serre.

Habituellement, je me tiens loin de tout ce qui s'appelle ordinateur. Je déteste cela. Et les ordinateurs me le rendent bien.

Dès que je me mets à pianoter sur le clavier, je perds tous mes moyens. Je suis maladroit et jamais je n'obtiens les résultats désirés.

Sans compter que ma bouche, sans mon consentement, se met à psalmodier des jurons tous aussi laids les uns que les autres.

Le moniteur m'affecte, je crois. C'est peut-être à cause des rayons qu'il dégage ou parce que je suis plus sensible que les autres, mais observer un écran plus de cinq minutes me donne la migraine.

J'en suis venu à la conclusion que j'étais allergique aux ordinateurs.

Lorsque je dois remettre un document tapé à l'ordinateur, je soudoie ma petite sœur Célia pour qu'elle le retranscrive dans un traitement de texte.

Sur le moniteur de l'écran plat recouvert de poussière, il y a un économiseur d'écran. Des lettres défilent : elles forment les mots « Projet Neoman ».

Le « Projet N » que Père et moi chérissions serait-il le « Projet Neoman » ?

Ma curiosité l'emporte sur mon dégoût de l'ordinateur.

J'appuie sur la touche Entrée du clavier.

L'économiseur d'écran disparaît pour faire place à une fenêtre où on me demande : « Désirez-vous synchroniser ? O/N. »

J'appuie sur Entrée une autre fois, dans l'espoir que la fenêtre disparaisse.

Elle y est toujours.

Avec la même question : « Désirez-vous synchroniser ? O/N. »

Je dois répondre Oui ou Non ? Comment je peux savoir ? !

Et il s'agit de synchroniser quoi ?

Avec ma chance, si je donne la mauvaise réponse, soit une boule disco va apparaître et des danseurs en pantalon serré vont se déhancher sur des haut-parleurs, soit des réacteurs vont s'activer et le laboratoire va se diriger tout droit vers la Lune.

J'avance mes doigts au-dessus des touches du clavier.

La touche O ou la touche N ?

Hum...

Si l'ordinateur me demande de synchroniser, c'est qu'il en a besoin, non ?

J'appuie sur le bouton O.

24

La fenêtre disparaît et cède sa place à une autre dans laquelle il est écrit : « Veuillez patienter. »

Puis : « Recherche de Neoman. »

Neoman ?

« Neoman trouvé. »

Ah oui ? Où ?

« Démarrage de la synchronisation avec Neoman. »

C'est alors que je ressens des picotements dans la tête. Comme si des fourmis surexcitées se mettaient à danser la lambada dans les crevasses de mon cerveau. Puis, des flashs apparaissent devant mes yeux, comme ceux d'un stroboscope.

Une douleur vive me foudroie, un peu comme si on avait ouvert ma boîte crânienne et qu'on malaxait mon cerveau avec un mélangeur.

Je pose mes mains sur ma tête et tombe sur un genou.

Je n'ai jamais eu aussi mal de ma vie.

J'entends Doc japper, mais c'est comme s'il était très loin de moi, au bout d'un tunnel.

Mon tonus se relâche et je m'effondre sur le côté.

Et je perds conscience.

25

Je me réveille quelques heures plus tard, à précisément quatre heures vingt-sept minutes et trente-sept secondes du matin.

Je n'ai pas de montre et il n'y a aucune horloge dans le laboratoire.

Mais je *sais* précisément quelle heure il est.

J'ai l'impression qu'on a sorti le contenu de mon crâne, qu'on l'a manipulé comme de la pâte à pizza et qu'on l'a remis en place.

Je savais qu'il ne fallait pas que je touche à ce sapristi d'ordinateur. Ça finit toujours mal !

Toujours !

Je suppose que j'ai reçu un choc électrique. Les ordis me détestent au point qu'ils en sont rendus à m'attaquer lorsque je pose un doigt dessus…

Quand je suis tombé, le casque a roulé jusqu'au canapé où Doc dort toujours. Je le récupère et le remets à sa place, dans la boîte rectangulaire en bois.

Si Mère ne me trouve pas dans mon lit à son réveil, ce sera la panique. Je dois retourner dans ma chambre.

– Doc ! Allez, suis-moi.

Mon chien étire ses pattes avant et se lève lentement.

J'entre dans la maison, prenant soin de verrouiller derrière moi.

Lorsque j'aurai bien dormi, je vais réfléchir au laboratoire et à ce qu'il recèle.

Je me glisse sous les couvertures froides de mon lit.

Je ferme les yeux.

Le nombre 19 apparaît dans mon esprit, suivi d'un signe de pourcentage.

Je relève mes paupières. Il disparaît.

19 % ? Qu'était-ce ? J'espère que ce n'est pas une vision de ma note au dernier examen de mathématiques !

Je referme les yeux. Cette fois, je *vois* les lettres « APP » clignoter sur l'intérieur de mes paupières, comme si ces dernières étaient un écran de cinéma.

Oh là là ! Que se passe-t-il ? Jamais je ne pourrai dormir si je suis constamment importuné par des signes qui n'ont aucun sens.

Je crains que le choc électrique que j'ai reçu quelques heures plus tôt ne m'ait bousillé la tête.

Encore les lettres « APP ». Je les détaille avec mes yeux. Elles disparaissent et laissent place à une liste de mots qui apparaissent les uns par-dessus les autres : Combat, Culture, Défense, Images, Santé et Varia.

Le mot « Varia » clignote. Je crois l'avoir sélectionné sans le vouloir.

Une autre liste : Mot de passe 2.4, Odorat 1.0 et Ouïe 2.1.

Cette fois, c'est « Ouïe 2.1 » qui clignote.

J'ouvre mes yeux.

Mais qu'est-ce qui se passe ? Quelle est la signification de ces mots sans lien ? !

J'entends alors un souffle.

Tout près de moi.

Je reste immobile.

Je suis tétanisé par la peur.

Il y a quelqu'un dans ma chambre.

Tout près de moi.

26

J'agis comme seul un grand guerrier tel que moi le ferait : je recouvre complètement mon corps de mon drap de lit et me roule en boule.

Et j'espère que l'inconnu qui est avec moi dans ma chambre ne me discernera pas !

Où peut-il se cacher ? Dans ma garde-robe ? Non, il est plus proche.

Sous mon lit ! Horreur !

En bougeant un peu la tête, je distingue un autre son. Il s'agit du ronronnement d'un moteur.

Exactement comme celui que fait notre réfrigérateur qui agonise depuis je ne sais plus combien d'années.

Ma tête bouge encore un peu. Cette fois, ce sont des ronflements que j'entends. Pas n'importe lesquels : ceux de ma sœur Célia. Un mélange de râle, de grognement et d'un son venu d'une autre galaxie.

Je tâtonne mon lit. Elle n'est pas à mes côtés. Et pourtant, j'ai l'impression qu'elle dort à moins de trente centimètres de moi.

Je cours vers l'interrupteur de ma chambre et allume la lumière. Puis je saute dans mon lit, comme s'il s'agissait d'un radeau de sauvetage autour duquel rôderaie plusieurs requins affamés.

J'observe les lieux. Je dois me rendre à l'évidence : je suis seul dans la pièce.

Je saisis alors ce qui m'arrive : j'ai l'ouïe extrafine.

Comment est-ce possible ? ! Est-ce que ce sont les sélections dans le « menu » de mon esprit qui ont provoqué cela ?

Si oui, comment je fais pour entendre normalement de nouveau ? Je perçois maintenant les gargouillis du ventre de mon voisin et ça m'indispose franchement.

Je ferme les paupières et vise avec mes yeux « Ouïe 2.1 ». Ça clignote. Je parviens enfin à retrouver une audition normale.

J'éteins la lumière. Quelle nuit ! Je dois dormir.

Mais je ne peux m'empêcher de poursuivre mon exploration. C'est trop intrigant.

Je retourne au menu principal. Voyons voir ce que je pourrais tester d'autre.

APP < Images < Infrarouge 1.7

J'ouvre mes paupières. Je parviens à voir en détail tout ce qu'il y a dans ma chambre, même si cette dernière baigne dans l'obscurité la plus complète.

– Trop *cool* !

Je me redresse sur les coudes et j'observe autour de moi.

Tout est bleu-noir. Mais pas ma main : elle est rouge.

Je comprends que c'est parce qu'elle dégage de la chaleur.

Je m'admire dans le miroir.

L'image qu'il me renvoie est hallucinante. Plus on s'éloigne de mon torse et moins c'est rouge. J'ai froid aux pieds, ils sont de couleur bleue.

Je vois aussi dans le reflet du miroir, sous le bureau qui se trouve derrière moi, la pomme que j'ai perdue il y a quelques jours.

Elle dégage de la chaleur. Il y a de la vie là-dedans !

Trop dégoûté pour la ramasser, je la recouvre d'une culotte qui traîne par terre. Avec un peu de magie, elle va disparaître.

Je passe le reste de la nuit à essayer les applications (j'en ai déduit que « APP » signifie « Applications »). Certaines sont géniales : « Rayons X 4.2 », « Odorat 1.0 » et toutes celles de la section « Combat » me permettent de me transformer en expert de kick-boxing, de kung-fu ou de boxe ; je m'offre un véritable spectacle devant mon miroir. D'autres ne fonctionnent pas, comme « Mot de passe 2.4 », « Bouclier antimagnétique 1.0 » et « Cible 1.4 ».

À cinq heures cinquante-cinq du matin, sur l'intérieur de mes paupières clignote 10 % en couleurs, comme s'il ne fallait vraiment pas que je rate cette information inutile.

Plus je fais des expériences, plus le nombre décroît : 9 %, 8 %, 7 %, 6 %, 5 %...

À 4 %, je commence à ressentir un malaise. Je n'arrive plus à rester debout, mes jambes ne parviennent plus à me supporter.

Je suis fatigué comme je ne l'ai jamais été.

À 2 %, mes yeux se ferment sans mon consentement. Mes bras pèsent une tonne chacun et je n'ai qu'un seul désir : dormir.

Ce que je fais.

27

Mon réveille-matin sonne. Je tends ma main et au lieu d'appuyer sur *snooze*, je me lève d'un bond.

Il est sept heures moins quart. Et je ne me suis jamais senti aussi en forme.

Pourtant, j'ai dormi moins de deux heures !

Encore un pourcentage qui s'affiche sur l'intérieur de mes paupières. Cette fois, c'est 99 %.

Je n'ai pas rêvé : le menu « APP » est toujours présent lorsque je ferme les eux.

J'enfile mes vêtements et je fais un très long pipi du matin, comme si avant de m'endormir j'avais avalé le contenu d'une piscine olympique (moins les nageurs).

Mère se précipite sur moi lorsqu'elle me voit.

– Est-ce que ça va ? !

– Ouais, bien sûr. J'ai l'air de mal aller ?

Célia mange ses céréales. La bouche pleine, elle déclare :

– Je t'avais dit que c'était juste une grosse patate paresseuse. Tu t'inquiétais pour rien.

Mère pose sa main sur mon front et me détaille.

– Tu ne fais toujours pas de fièvre. Et ton tonus est bon. Tu m'as inquiétée.

Je fais un pas en arrière.

– Qu'est-ce qui se passe ?

Célia avale son verre de jus d'orange et dit :

– Tu dors depuis le début du Moyen-Âge.

– Hein ?

Mère pose le dos de sa main sur une de mes joues.

– Tu dors depuis avant-hier soir.

– Quoi ? !

– Je n'ai jamais pu te réveiller hier matin. J'ai appelé le docteur, il m'a conseillé de te laisser dormir. Si tu ne te réveillais pas ce matin, je t'emmenais à l'hôpital.

Je soustrais les heures que j'ai passées à explorer les nouvelles fonctions de mon cerveau. J'ai dormi vingt-six heures en ligne.

Vingt-six !

– Tu grandis, me dit Mère. J'imagine que c'est normal.

Je comprends alors que le pourcentage qui apparaît dans ma tête est lié à l'énergie qu'il me reste avant de m'effondrer de sommeil.

Je mange comme un ogre. Puis, comme d'habitude, je sors de la maison en retard pour attraper mon autobus.

Mais avant, je prends le temps de nourrir Doc et de lui gratter le museau.

– Tu en connais des secrets, toi. Tu vas tous me les révéler ?

Je jette un œil à mon téléphone cellulaire.

Je n'ai plus qu'une minute pour me rendre à l'arrêt d'autobus.

Je fonce.

28

Lorsque je tourne le coin de ma rue, je constate que l'autobus est à l'arrêt et qu'il fait entrer les élèves.

Deux cents mètres m'en séparent. Je fais de grands signes de bras pour que le chauffeur m'attende.

J'ignore son nom, mais c'est l'homme le moins sympathique de Nirvanaa, ce qui n'est pas peu dire ! Il ne sourit jamais – est-ce qu'il en est capable ? – et il conduit comme s'il était au volant d'un char d'assaut sur un champ de bataille. Il lui arrive souvent de griller les feux rouges et de tourner sans ralentir.

Nous, les élèves, on aime ça. Ça nous réveille pour de bon.

C'est comme un tour de manège matinal. Rien de mieux qu'un sentiment de panique pour commencer la journée du bon pied.

Ce chauffeur a vraiment l'air d'adorer son métier. Et les jeunes.

Il voit que je fais les gestes d'un gars qui s'apprête à se noyer, mais sans eau (c'est à peine étrange).

Je m'humilie pour rien : dès que le dernier élève est dans l'autobus, il tourne la tête et démarre.

S'il avait pu faire crisser les pneus de l'autobus tout en soulevant les roues avant pour me narguer, il l'aurait fait.

Sans-cœur !

Depuis le début de l'année scolaire, je suis arrivé plus de cinq fois en retard. Peut-être un peu plus...

Bon, pas plus de dix. Entre dix et quinze fois, mettons.

Monsieur Taulard, le directeur, m'a averti qu'il allait devoir me suspendre si ça continuait.

Toutes ces fois, j'avais une bonne raison : mon réveille-matin n'a pas sonné (la vérité inavouable : j'ai joué trop tard au « Monde de Syrinx » avec Télémaque).

Cette fois, j'ai une excellente raison : j'ai été mordu par un ordinateur il y a deux jours, son venin a attaqué mon cerveau et il a fallu que je dorme vingt-six heures en ligne pour m'en guérir !

Il est sûr et certain que monsieur Taulard va compatir avec moi.

Ce n'est pas le temps d'ajouter aux soucis de Mère avec mes problèmes d'assiduité. Elle a bien assez de tous ses problèmes.

En courant, peut-être que je vais parvenir à l'école avant la cloche qui annonce le premier cours ? Impossible.

Je dois quand même essayer.

Sans attendre, je me mets à courir vers l'école en empruntant des raccourcis.

Mais ce n'est pas comme avant. Je cours plus vite. Beaucoup plus vite.

Les muscles de mes jambes ne me brûlent pas. J'en profite pour pousser la cadence, mais pas trop : si je tombe, le frottement de mon corps sur l'asphalte va provoquer des flammèches.

Lorsque je mets les pieds sur le terrain de l'école, la cloche sonne.

Je suis en retard.

J'entre dans l'école. J'ai les poumons qui n'en peuvent plus, le cœur frappe dans ma cage thoracique comme s'il voulait se sauver de mon corps et je suis en nage.

Mais rien à dire de mes jambes. Elles sont fraîches et disposes, prêtes pour une séance de *french cancan*.

Je vois monsieur Taulard au bout du corridor avec son calepin de la mort, celui dans lequel il note le nom des retardataires. Il regarde dans une autre direction.

Je m'engouffre dans la toilette la plus proche.

Dans le fond, sur le bord de la fenêtre, il y a un élève qui fume.

Il se retourne et me regarde avec ses quatre pupilles.

29

Voyeur jette sa cigarette sur le sol et l'écrase du bout du pied.

– Tiens, tiens, il fait en s'approchant lentement de moi. J'imagine que si t'es entré ici, c'est que tu savais que j'y étais et que t'as des infos au sujet du bègue.

Si je me sauve, Voyeur va, tôt ou tard, me rattraper. Aucun Humain n'entre dans une toilette réservée aux Monstres sans en subir les conséquences. C'est un crime de lèse-majesté.

Tout en essayant de récupérer mon souffle, je dis :

– No... non, je me suis... suis trompé de toi... toilette.

– Vraiment ? Grosse erreur de ta part.

Il fait craquer les jointures de ses doigts en s'approchant de moi.

– Allez, avoue que c'est toi, le tireur. Promis, je te ferai presque pas mal.

Il est tout près de moi.

Je respire si rapidement que je crains de vomir mon déjeuner sur lui.

Comme si ça pouvait le faire disparaître, je ferme les yeux. Le mot « APP » apparaît.

Je choisis, sans trop y penser :

APP < Combats < Combat de rue 4.0

Lorsque j'ouvre mes yeux, mes poings se serrent et je sens les muscles de mes bras se bander.

– Allez, insiste Voyeur. Dis-moi que c'est toi. S'il te plaît.

Dans mon esprit, un plan se forme en moins d'une demi-seconde.

Voyeur recule sa main et s'apprête à enfoncer son poing dans mon ventre.

Je parviens à m'emparer de son poignet et à l'arrêter dans son élan.

Voyeur ouvre très grand les yeux. Ses quatre pupilles se rétractent.

Brusquement, je tourne son poignet. Son corps n'a pas le choix de suivre le mouvement. Lorsque Voyeur est dos à moi, je lui flanque, avec ma main gauche, un bon coup dans les reins.

Il pousse un cri de douleur et ses genoux cèdent.

Il tente de se défendre, mais je ne lui en laisse pas le temps.

Avec mon pied, je le pousse dans le dos. Il se retrouve tête première dans un des cabinets. Le contact est rude. La cuvette se fissure.

J'entre, je l'attrape solidement par le collet et le retourne.

Il a une vilaine ecchymose qui gonfle à vue d'œil sur le front.

Il est K.-O.

Je le laisse retomber sur le carrelage.

Et la peur m'envahit d'un coup.

Qu'est-ce que je viens de faire ? !

La réponse ne se fait pas attendre : tu as battu un Monstre jusqu'à ce qu'il en tombe d'inconscience, vieux !

Toi, Mathieu Lazare !

Comme si je venais d'apercevoir un fantôme, je me précipite à l'extérieur des toilettes.

Je fais un face-à-face avec monsieur Taulard.

30

– Monsieur Lazare, me dit le directeur. Encore en retard.

– Je... je sais... je... je...

Je pointe mon pouce vers la porte derrière moi.

– Qu'est-ce que vous faisiez dans la toilette des Monstres ?

Je pose mes mains sur mes genoux et prends quelques instants pour donner à mon souffle un rythme plus normal.

– Répondez-moi, monsieur Lazare.

Je montre la toilette de nouveau. Monsieur Taulard va y faire un tour.

Il revient une dizaine de secondes plus tard en grattant le dessus chauve de sa tête.

– C'est vous qui l'avez... euh... endormi ?

Un peu comme s'il me croyait incapable d'avoir servi ce traitement à un Monstre, monsieur Taulard a utilisé une métaphore. C'est quasiment mignon.

– Oui. Je... je crois. Il m'a... m'a menacé de... de me... me battre.

Le directeur fait une pause, puis :

– Allez à votre cours immédiatement. Je vais voir ce que je peux faire.

– Mer... merci.

Avant d'emprunter les escaliers, monsieur Taulard me hèle :

– Monsieur Lazare !

Je me retourne.

– Je vais voir ce que je peux faire. Mais les miracles ne font pas partie de la liste. Surveillez vos arrières.

31

Il faudrait effectivement un miracle pour que je me sorte de cette situation sans égratignure.

J'ai battu un Monstre !

Et pas n'importe lequel. Je me suis attaqué à celui qui est au haut de la pyramide.

Mais qu'est-ce qui m'a pris ? !

Comment ai-je pu déstabiliser Voyeur avec autant de confiance ? Cela a été tout aussi facile que lorsque je me suis exercé devant mon miroir.

Instinctivement, j'ai attrapé son poignet et je l'ai frappé au bon endroit pour le terrasser. Je n'ai pas douté de moi un seul instant.

Je n'arrive pas à croire ce que j'ai fait.

En sortant de mon premier cours de la journée, je suis terrifié. C'est comme si j'entrais dans une cage remplie de félins affamés.

Jamais Voyeur et ses amis ne se laisseront faire de la sorte. Jamais.

Moi, un Humain !

Je décide de m'isoler. Je ne dîne pas avec Télémaque et je me réfugie dans le coin le plus discret de l'école lors des pauses.

– T'es trop biz, Lézard, me dit mon ami. Je vais mettre ça sur le dos de ta crise d'adolescence !

Je lui raconte ce que j'ai fait. Il me rassure façon Télémaque :

– Oh, je te comprends. T'es mort comme un rat, vieux.

J'ai l'impression que chaque pas que je fais dans les corridors de l'école peut m'entraîner dans un guet-apens. Je m'attends à être attaqué à tout moment.

Et de manière sauvage.

Pourtant, aucun Monstre ne me prête attention. Les heures s'égrènent et rien ne se produit.

Pointe alors en moi de la fierté. Je ne me suis pas laissé faire. Je ne me suis pas laissé marcher sur les pieds.

Et je lui ai foutu toute une raclée, à cet imbécile !

Dommage que personne n'ait assisté à cet exploit. Peut-être que Père, là où il est, a tout vu.

Je suis enivré par mes nouveaux pouvoirs. C'est tellement grisant de savoir que j'ai les moyens de me défendre !

À la fin de la journée, dans l'autobus qui nous ramène à la maison, j'ai le sourire aux lèvres.

– T'as l'air heureux, Lézard. Tu m'inquiètes.

– La vie est belle.

– Quoi ? ! Ne dis plus jamais ça. La vie est une sorcière qui jette des mauvais sorts aux plus gentils. Tu te branches à Syrinx en arrivant à la maison ?

– Je vais me brancher, mais pas tout de suite. J'ai quelque chose d'important à faire.

– Pas tes devoirs ? Je te renie si c'est ça.

Mon sourire s'épanouit encore plus.

– Non, pas mes devoirs. Quelque chose de vraiment plus *cool*.

32

Même si Télémaque m'a harcelé pour que je me branche au « Monde de Syrinx », j'ai résisté. Si je l'écoutais, il nous ferait changer de fuseau horaire pour pouvoir jouer trente heures par jour.

Les aventures de Rollo et Bollo peuvent attendre.

Les aventures de Mathieu Lazare, non.

Je veux en savoir plus sur les expériences de Père.

Je soupçonne que mes nouveaux pouvoirs ont un rapport avec le Projet N. Et que l'engin sur lequel travaillait Père, c'est l'armure que j'ai trouvée dans son laboratoire.

Dès que j'arrive à la maison, je détache Doc et me rends dans le garage.

Je pars à la recherche d'indices qui me permettraient de comprendre ce qui se passe.

Pourquoi ai-je ces nouvelles facultés ? Est-ce l'ordinateur qui me les a transmises ? Est-ce irréversible ? Puis-je enfiler l'armure ? Est-ce que cela fera de moi... un superhéros ? !

Un superhéros... Ah ! C'est vraiment trop génial !

Je fouille dans le tiroir de la table en acier inoxydable. Là, il traîne beaucoup de paperasse remplie de gribouillis de Père. Je reconnais son écriture. C'est presque illisible.

Parmi les centaines de feuilles, il y a des croquis de l'armure et beaucoup de formules mathématiques.

Et je trouve ce qui ressemble à une adresse qu'il a encadrée. Indéchiffrable au premier coup d'œil, bien entendu. Mais c'est la seule information un peu sensée.

Je plie la feuille en quatre et la glisse dans la poche arrière de mon jeans.

Je me déplace dans le coin de la pièce, là où est la boîte contenant l'armure.

Tout en l'observant, je croise les bras et reste immobile.

Elle semble être à ma taille.

Je me tourne vers mon chien :

– Alors, Doc ? Tu crois que je devrais l'essayer ?

Il penche la tête de quelques degrés sur la gauche. Il n'a rien compris de ce que je lui ai dit.

J'imite pitoyablement sa voix (s'il en avait une, évidemment) :

– Oui, vas-y, Mathieu, je t'encourage à poursuivre tes rêves.

Avec ma voix :

– Merci, Doc. Je savais que je pouvais compter sur ton soutien.

Je décroche l'armure et entreprends de l'enfiler.

33

L'armure est beaucoup plus difficile à mettre que je ne l'imaginais, mais chaque pièce est parfaitement ajustée à ma taille. Suffit de suivre un ordre.

En premier lieu, le pantalon. Puis les bottes. Le plastron et les gants. Et enfin, le casque.

Je reçois alors un signal dans mon champ de vision, provenant des vitres des yeux du casque.

« Synchroniser avec armure ? O/N. »

La dernière fois que j'ai synchronisé quelque chose, j'ai souffert d'un mal de tête carabiné et je me suis retrouvé avec l'odorat et l'ouïe d'un chien, entre autres.

Pas grave. Je choisis O en me fermant les yeux très fort.

Cette fois, pas d'horribles souffrances ni de syncope, uniquement un léger chatouillement dans la tête.

Le mot « Gravité » apparaît sur la vitre du casque. Suivi d'une échelle verticale. Tout en haut, « + 10 ». Tout en bas, « - 10 ». Et dans le milieu, là où la flèche de forme triangulaire pointe, c'est « 0 ».

Je bouge la flèche vers le bas. Pas de demi-mesure, je la déplace jusqu'à « - 10 ».

Immédiatement, mon corps se soulève et je me frappe la tête au plafond. Doc se met à japper comme un perdu.

C'est incroyable : je flotte ! Comme les astronautes dans leur vaisseau spatial.

Dans les airs, je déplace la flèche vers « + 10 ».

La chute est brutale. Je m'écrase sur le sol et, telle une météorite, je soulève un nuage de poussière.

Je n'arrive même pas à bouger une main.

C'est comme si on m'avait enduit de colle extrarésistante et qu'on m'avait fixé au plancher.

J'ai même un peu de mal à respirer.

Je déménage la flèche jusqu'au « 0 ». J'arrive alors à me relever sans peine.

Je m'assois aux côtés de Doc pour réfléchir. En lui frottant le museau, je me demande : est-ce que cela signifie que je peux voler ?

Je décide d'aller en faire l'expérience.

34

Je m'assure, avant de sortir du garage, qu'il n'y a personne à l'horizon.

À l'heure qu'il est, Mère est à la boutique de fleurs tandis que Célia est encore à l'école, participant à une activité para-scolaire.

Pas de voisin en vue.

Je me lance.

En marchant, je constate que l'armure me donne une assurance que je n'ai pas habituellement. Une horde de rhinocéros enragés (beaucoup moins rares qu'on ne le pense) pourraient charger sur moi et le rythme des battements de mon cœur n'augmenterait pas d'un iota.

Je tends les mains vers le ciel recouvert de smog et j'ajuste la gravité à « - 10 ». Je m'attends alors, tel un missile, à jaillir dans le ciel.

Pas du tout.

Lentement, très lentement, je décolle du sol.

À cette vitesse, je vais atteindre la hauteur du toit de la maison au vingt-neuvième siècle.

C'est décevant.

À deux mètres du sol, qui m'ont pris une éternité à parcourir, je décide de rétablir la gravité à « 0 ».

Erreur. La chute est encore une fois rude. Je viens de comprendre que je dois y aller graduellement afin d'éviter le choc de l'atterrissage.

Je me relève et essuie la poussière qu'il y a sur mon armure.

Je décide de me donner un élan. Je cambre mes jambes et je saute, tout en réglant la gravité au minimum.

J'arrive à aller plus haut que lors de mon premier essai, mais c'est comme si j'étais dans l'eau. Sauf que je nage vers le ciel. Et une fois l'eau retirée de l'équation, j'ai l'air parfaitement ridicule.

Je fais de la brasse : mes bras esquissent de larges gestes tandis que j'essaie de synchroniser mes jambes en même temps.

C'est pitoyable. Je ressemble à un mime désespéré de se faire comprendre.

À tel point que je perturbe Doc. Je le fais vomir une boule de je ne sais quoi de gluant et brun qu'il s'empresse de renifler avec ardeur et de manger.

Je remets les deux pieds sur le sol.

Je me demande à quoi sert cette fonction de gravité si je ne peux pas voler avec une certaine hardiesse ?

Je jette un œil à mes jambes, plus précisément à mes bottes. Le mot « INFÉRIEUR » apparaît dans mon champ de vision, à l'extrême gauche. Avec la même règle que pour la gravité. Cette fois, tout en haut, il est écrit « 10 tonnes ». Dans le milieu, « 5 tonnes » et en bas, « 0 ».

Dix tonnes de quoi ? C'est ce que nous allons voir. Je déplace la flèche jusque-là.

Je plie mes genoux et au même moment où je tends mes jambes, je règle la gravité à « - 10 ».

Je pousse mes jambes.

Et j'en ai le souffle coupé.

35

Je suis propulsé dans le ciel pollué de Nirvanaa à une vitesse excédant de beaucoup ce à quoi je m'attendais.

Je tente de pousser un cri d'effroi, mais je n'y arrive pas, paralysé par la surprise.

Je perce alors le nuage de smog et je suis étonné de constater que, derrière lui, le ciel est bleu.

Je regarde vers le bas. Je ne vois pas le sol, mais je sais que je m'en éloigne très rapidement. Je suis pris d'un vertige.

Sur la vitre du casque apparaît : « Mach 1 ». J'ignore comment, mais ma tête fait la conversion : je file à 1 224 km/h.

Lorsque je commence à apercevoir la courbe terrestre, je me dis que je devrais intervenir avant d'entrer en collision avec un des satellites qui orbitent autour de la Terre.

Je respire de plus en plus rapidement et je ressens une forme d'ivresse, l'oxygène se faisant plus rare. Aussi, il fait froid.

Je règle la gravité à « 0 » et je me mets à redescendre.

Lentement au début, puis vraiment trop rapidement quelques instants plus tard.

À - 3 de gravité, la chute est acceptable.

Je passe au travers du smog et me rends compte que je suis loin de la maison. J'atterris sur le toit d'une ferme désaffectée, à plusieurs kilomètres de mon point de départ.

En coordonnant la puissance d'impulsion de mes jambes et la gravité, comme une sauterelle, je bondis jusqu'à la maison.

Même si j'utilise le nuage de smog comme bouclier pour ne pas être vu, je crois que certaines personnes m'ont aperçu.

Il ne me reste que quelques minutes avant que Mère et Célia ne rentrent à la maison. J'ai assez de temps pour approfondir encore un peu mon exploration.

J'observe mes gants. Cette fois, le mot « SUPÉRIEUR » apparaît dans mon champ de vision. Avec une barre verticale réglée de « 0 » à « 5 tonnes ».

J'opte pour le plus élevé.

J'ai une idée de ce que ça signifie.

Je file vers la voiture qui se décompose derrière le garage et que Père devait réparer à temps perdu. Les pneus sont crevés et des crétins ont défoncé les vitres pour s'emparer de rien.

Ce serait tellement génial si...

J'agrippe le dessous de l'automobile et je soulève mes bras.

Je parviens facilement à lever la carcasse. Je retire une main. Je n'éprouve toujours pas de difficultés.

Wow !

Je dois me rendre à l'évidence : avec cette armure, je suis l'être le plus fort de la Terre.

Non. « Fort » n'est pas assez éloquent.

Il faudrait que je me trouve un autre qualificatif.

Je vois Célia approcher. Rapidement, je retourne dans le garage.

36

Au souper, Mère, qui ne mange pas pour un troisième soir de suite parce qu'elle a mal à l'estomac, me demande comment a été ma journée.

– Très bien. J'ai atteint « Mach 1 », comme les avions supersoniques, et j'ai vu la courbure de la Terre.

Mère et Célia se regardent avec l'air de se dire que mon sens de l'humour ne s'améliore pas avec le temps.

– Moi, dit Célia, c'est encore plus excitant : j'ai fait une maison en bâtons à café.

Je souris à Mère.

– Et toi ? Comment ça se passe, à la boutique ?

– Pas mal, elle dit en détournant le regard.

Je comprends que ça ne va pas bien du tout.

La suite de ma soirée se déroule sur le pilote automatique. Je fais mes devoirs et je joue comme un robot au « Monde de Syrinx » avec Télémaque.

Mon esprit est occupé ailleurs : je ne songe qu'à mes nouvelles facultés et à l'armure.

J'ai le goût de m'ouvrir à Télémaque et de lui raconter ce que j'ai vécu après l'école. C'est mille fois plus passionnant que de combattre des trolls, moi habillé en perroquet et Télémaque en chien saucisse.

Mais je me retiens. Pour l'instant, je préfère que tout reste entre Doc et moi.

Couché dans mon lit, je sors de la poche de mon pantalon la feuille que j'ai trouvée dans le tiroir de Père. Il s'agit d'une adresse, j'en suis certain. Peut-être qu'elle va me permettre d'en apprendre plus sur le Projet Neoman ?

C'est rue de la Sirène. Il y en a une à Nirvanaa, dans le Premier Bourg. Elle a été déclarée par un magazine prestigieux comme l'un des endroits les plus dangereux de la Terre. Les Humains qui s'y retrouvent par mégarde ont peu de chance d'en sortir indemnes.

Plus je scrute l'écriture de Père et plus je me convaincs qu'il s'agit bel et bien de la rue de la Sirène.

L'adresse, maintenant : 469 ? 989 ? 287 ?

Le mieux serait que j'aille y faire un tour. Il n'en est évidemment pas question. À moins qu'avec mon armure...

J'entends alors des reniflements.

Pas besoin d'activer mon ouïe extrafine, je reconnais à qui ils appartiennent.

Je me relève et ouvre un peu la porte de ma chambre. Mère est assise sur son lit. Il y a des papiers devant elle et une calculatrice.

Je comprends que ce sont nos finances qui l'affectent autant.

Au souper, je n'ai pas été dupe : elle n'a pas mal à l'estomac, comme elle le dit. Elle se sacrifie pour que Célia et moi puissions manger à notre faim.

La preuve est que lorsque nous ne sommes plus dans la cuisine, elle se jette sur nos assiettes pour avaler ce qu'on y a laissé.

Je me retire dans ma chambre, troublé.

Je dois trouver un moyen pour gagner de l'argent et l'aider. Et vite.

37

Mon escapade dans la stratosphère en fin d'après-midi a épuisé grandement mon énergie. Lorsque je me glisse entre les draps de mon lit, j'en suis à 24 %.

Je dois dormir.

Mais le mélange d'excitation et de soucis personnels me garde éveillé.

Je rêve les yeux ouverts.

Je me vois me poser dans la cour d'école avec mon armure. Les filles soupirent sur mon passage et les gars grommellent, jaloux de mon pouvoir d'attraction.

Et que dire des Monstres qui tenteraient de s'en prendre à moi ? Je les annihilerais sur-le-champ avec mes techniques de combat irrésistibles.

Je pourrais devenir une idole pour ces jeunes en manque de repères.

Et dans mes temps libres, j'irais faire un tour dans le centre-ville de Nirvanaa pour y mettre de l'ordre. Je ferais triompher le Bien sur le Mal.

Et ultimement, je détrônerais Ratel Émeute.

Je suis conscient, bien entendu, qu'il s'agit d'un fantasme mégalomane. Mais c'est un fantasme qui pourrait très bien se réaliser.

Ce rêve éveillé fait rapidement place à la réalité crue.

J'ai assommé Voyeur, un des Monstres les plus influents de l'école. J'ai envisagé toutes les possibilités et une seule est plausible : il ne laissera pas passer cet affront. Je dois m'attendre à être attaqué n'importe quand.

Et il y a notre situation familiale. Les soins de Père ont vidé notre compte de banque. Et la boutique de fleurs de Mère ne roule pas comme elle le voudrait.

Je me sens responsable de Célia et de Mère. Je dois les protéger, comme Père l'aurait fait.

Je dois me trouver un boulot, même si je n'en ai pas le goût.

Que pourrais-je faire ? Plongeur dans un restaurant ? Livreur de journaux ? Confectionneur de boulettes de steak haché dans un établissement de restauration rapide ?

Parce que je n'ai aucune qualification, je suis destiné à occuper un emploi misérable.

Je me débrouille bien dans le « Monde de Syrinx ». Dommage que les pièces d'or qu'on y accumule ne soient pas vraies...

Je m'endors, finalement, avec l'image de Mère dans ma tête, sanglotant en raison de nos soucis financiers.

Je dois l'aider.

Je vais l'aider.

Il ne reste qu'à trouver comment.

38

À l'école le lendemain matin, je ne vois rien d'inhabituel chez les Monstres que je croise. Ils parlent toujours trop fort et font des blagues stupides en insultant les Humains.

Aucun ne me jette de mauvais regards.

Je m'attends, à tout moment, à ce que Voyeur ou un de ses amis décide de se venger.

Les Monstres sont pourtant solidaires et rapides quand vient le temps de brutaliser un Humain. Pourtant, rien n'a transpiré à l'effet qu'on allait me rosser pour ce que j'ai fait à Voyeur.

Télémaque me donne un coup de coude.

– Qu'est-ce qui se passe, Lézard ?

– Non... Ri... rien. Ça... ça va.

– Pourquoi tu bégaies, alors ? C'est Voyeur, c'est ça ?

Je ne réponds pas. Ce trouble du langage, que j'ai depuis toujours, m'horripile. Jamais moyen de cacher ma nervosité.

En entrant dans le local du premier cours de la journée, je parviens à relaxer. Je suis en sécurité pour soixante-quinze minutes.

Madame Béatrice, la nouvelle professeure d'histoire, entre dans la classe. Ses cheveux foncés, longs et ondulés se déversent en douce cascade sur son dos.

Une chose sur laquelle Monstres et Humains s'entendent : c'est la plus belle des professeurs de l'école. Personne ne connaît l'origine des professeurs, à moins qu'une particularité physique ne trahisse le Monstre qu'ils sont.

Les Monstres affirment que madame Béatrice est Monstre.

Les Humains rétorquent qu'elle fait partie des Humains.

Je crois personnellement qu'elle est Humaine. Jamais une aussi belle femme ne pourrait être Monstre.

C'est la plus jolie, mais aussi la plus stricte.

Peut-être parce qu'elle est jeune et naïve, et qu'il s'agit de sa première année. Elle ne se laisse jamais marcher sur les pieds. Pas même par les Monstres. Elle est sarcastique et a un sens de la répartie à toute épreuve.

– Sortez votre cahier d'exercices, si vous n'avez pas essayé de le fumer hier soir pour avoir un *buzz*, bien sûr.

Un Monstre lève la main :

– Moi, j'ai essayé de le renifler.

– Ça ne me surprend tellement pas, rétorque madame Béatrice.

Tout le monde s'esclaffe.

Depuis une minute, un bruit continu dans mon oreille attire mon attention. Un bourdonnement.

Je fais comme si de rien n'était, je me dis que ça va passer.

Mais rapidement, je n'arrive plus à saisir ce que madame Béatrice raconte. C'est assourdissant.

Je pose mes mains sur mes oreilles.

Puis, comme si on m'avait collé un mégaphone aux oreilles, j'entends :

– Mechanik, c'est Garagiste. T'es là ?

39

Je lève la main et sans même percevoir le son de ma voix, je demande à madame Béatrice si je peux sortir.

J'ignore ce qu'elle répond, mais je tiens pour acquis qu'elle m'en donne la permission.

Je me dirige vers une toilette. Encore cette voix assourdissante :

– Mechanik, c'est Garagiste. Réponds-moi.

Je deviens fou : j'entends une voix dans ma tête !

J'entre dans un cabinet et je tiens la porte fermée à l'aide de mon dos parce qu'on en a fait sauter le loquet depuis belle lurette.

– Mechanik ? Le processeur a été synchronisé. Que se passe-t-il ?

Mes tympans se déchirent chaque fois que la voix se manifeste.

– Moins fort, je dis.

– Mechanik, c'est toi ?

La voix m'a entendu ! Pas besoin de preuve supplémentaire : je suis bon pour l'hôpital psychiatrique.

– Je suis pas Mechanik.

– T'es pas Mechanik ? Qui es-tu, alors ?

– Moins fort, je grogne.

Quelques instants plus tard, la voix revient, beaucoup moins élevée et beaucoup plus supportable.

– Qui es-tu ?

– Je suis Mathieu Lazare.

Le ton de la voix change.

– Demande à ton père de me contacter.

– Mon père est mort.

Il y a un silence.

– Je dois te voir. Je t'attends maintenant.

– Je suis à l'école.

– Il y a des choses plus importantes dans la vie. Grouille. Voici l'adresse.

Je ferme les paupières et une adresse s'affiche. L'endroit se situe dans le Premier Bourg, au 287, rue de la Sirène.

Je sors le bout de papier trouvé dans le laboratoire. C'est l'adresse gribouillée par Père.

– Maintenant, m'ordonne la voix.

Le bourdonnement cesse.

Enfin.

40

Qui est ce Garagiste ? Pourquoi a-t-il accès à ma tête ? Comment il se fait qu'il connaît Père ? Qui est Mechanik ?

S'il habite dans le Premier Bourg, c'est que Garagiste est un Monstre. Et Père m'a dit qu'il ne fallait jamais faire confiance à un Monstre.

Jamais.

En sortant des toilettes, je tombe face à face avec Télémaque.

– Ça va, Lézard ?

– Ça va, ça va. J'ai eu un malaise.

– Un malaise ? Soit tu parlais au rouleau de papier hygiénique, soit tu parlais seul. Les deux options sont inquiétantes.

Je me rends à l'évier et passe mes mains sous l'eau froide.

– Tu peux tout me dire, me lance mon ami.

– J'ai rien à te dire. Je dois partir. Avertis madame Béatrice que je ne me sens pas bien. Tu vas pouvoir t'occuper de mes affaires ?

– Qu'est-ce qui t'arrive ? Je te reconnais plus, Lézard. Depuis la mort de ton père, c'est comme si t'avais été séquestré par des extraterrestres et qu'ils avaient fait entrer des tubes de force dans tes orifices. J'y ai pensé ce matin : ce n'est peut-être qu'un hasard, mais j'ai entendu à la radio des gens qui affirmaient avoir vu un ovni dans le ciel, hier après-midi.

Comme je m'en doutais, mon escapade d'hier après-midi a fait des témoins.

Je me tourne vers Télémaque et pose une main sur son épaule.

– Tu sais tout de moi et de mes copains extraterrestres maintenant. Merci d'être le seul qui me comprends, ami.

Je me rends à mon casier pour récupérer mon manteau. Télémaque me pourchasse :

– Avant de péter réellement les plombs, n'oublie pas de me donner tes codes d'accès pour Syrinx.

– Promis, je vais le faire.

– Super. En échange, je parlerai pas des extraterrestres envahissants. Ce sera notre secret.

– Trop gentil.

– Vieux, t'as vraiment changé depuis que ton père est mort.

– Si tu savais, je murmure.

Je disparais dans la cage d'escalier qui mène à la sortie.

41

Je suis stressé à l'idée d'aller dans le Premier Bourg. J'ai entendu tellement d'histoires à son sujet que toutes ne peuvent pas être de simples légendes urbaines.

Des récits tous plus brutaux les uns que les autres.

Aucun autobus ne se rend directement dans le Premier Bourg. L'expérience a été menée, et aucun n'a réussi à en ressortir. Les autobus étaient arrêtés par des Monstres, les voyageurs étaient dépouillés de tous leurs biens et, en moins de deux, les véhicules étaient démontés et vendus en pièces détachées.

Je peux me défendre, mais seul devant dix Monstres, mes chances de survie sont nulles. On dit aussi que c'est à cet endroit qu'il y a le plus d'armes par habitant : plus de cinq par individu, y compris les enfants !

Pour me rassurer, je me convaincs que d'aller dans le Premier Bourg le jour est moins dangereux que d'y aller en pleine nuit.

J'ai certes une application pour mieux entendre et pour me battre, mais en ai-je une pour me donner du courage ? Je ne l'ai pas encore vue.

L'arrêt le moins loin du Premier Bourg est situé à l'ombre de la tour Ratel, en plein centre-ville. C'est là que je débarque de l'autobus.

Je marche une demi-heure. Je passe entre les deux arbres morts qui indiquent l'entrée du Premier Bourg et je m'arrête.

Personne à l'horizon. Et je n'ai toujours pas essuyé une salve de projectiles ou mis le pied sur une bombe artisanale.

J'imagine que c'est bon signe.

Je recouvre ma tête avec le capuchon de mon manteau et je fonce.

Les rues sont désertes d'individus, mais elles sont encombrées de carcasses de véhicules incendiés, de morceaux de murs effondrés et de tas d'immondices qui font le régal de nuées de mouches.

L'odeur est pestilentielle. Je dois cacher mon nez avec mon manteau pour ne pas la respirer.

Les vitres de plusieurs appartements sont brisées. On y entend des pleurs d'enfants et des cris de parents exaspérés.

Je vois un chien de taille moyenne qui farfouille dans un sac à ordures. Je m'approche et je constate qu'il a une longue queue et des poils drus.

Ce n'est pas un chien, mais un rat.

Comment des gens peuvent-ils vivre dans des conditions aussi lamentables ? Ratel Émeute est le Monstre le plus riche de Nirvanaa : pourquoi ne consacre-t-il pas une partie de sa richesse à rénover les lieux, et à offrir à ses frères et sœurs un environnement sain ?

Chaque fois qu'il apparaît dans les médias, c'est pour annoncer la rénovation de ceci ou la construction de cela dans le Premier Bourg.

Père m'a raconté que c'était de la frime. Avant que Ratel Émeute entre en ondes, les lieux sont nettoyés et on engage des figurants avec de beaux vêtements et un large sourire pour flouer les téléspectateurs.

C'est la misère noire, ici.

Pourquoi le maire ne fait-il rien ? C'est son quartier natal et il a lui-même souffert de la pauvreté.

Ça dépasse l'entendement.

Lorsque je passe devant le rat, il bondit et me fait sursauter en même temps. Il se sauve en couinant et, si je n'avais pas d'orgueil, j'en ferais tout autant.

Selon les informations que Garagiste m'a données, la rue de la Sirène est droit devant.

Je poursuis ma marche.

Jusqu'à ce que j'aperçoive, devant moi, une bande de gamins dont quelques-uns sont armés.

Je me retourne pour emprunter un autre chemin.

Il y en a autant derrière moi, à moins de cinquante mètres.

Je n'ai aucun moyen de fuir. Je dois leur faire face.

Ils ont neuf ou dix ans. Des gars. Ils sont sales, leurs vêtements sont élimés et certains sont nu-pieds.

– Sa... salut, les... les gars. Z'avez... z'avez une journée... journée pédago... pédagogique au... aujourd'hui ?

C'est supposé être un gag. Question de détendre l'atmosphère.

Personne ne rit.

Le Monstre le plus proche de moi parle en premier. Il est trapu, il a un duvet sur la lèvre supérieure et une cigarette éteinte vissée au coin de la bouche. De sa voix grave, il dit :

– On n'est pas des gars, on est des filles.

Une blague ? Génial ! Le contact sera meilleur.

Pour ne pas l'offenser, je me mets à rire de manière hystérique en me tapant sur les genoux.

Comme si j'étais sur le point de mourir d'essoufflement, je finis par répondre :

– Elle... elle est... est bonne.

– C'est pas une blague.

Je constate qu'effectivement, personne ne rit. Sauf moi.

Ce sont des filles.

Et chacune a un regard de tueuse. Certaines ont les jointures recouvertes de bagues soudées ensemble, d'autres trimbalent des bâtons de baseball cloutés.

– T'es Humain ?

Je fais non de la tête. Et je tente de ne pas m'enfoncer plus profondément.

– En fait... euh... je ne... ne sais... sais pas trop qui... qui je... je suis. Je... je me suis... suis réveillé... dans une... une benne à or... ordures ce matin, habillé... habillé en joueur... joueur de corne... cornemuse avec... avec les ongles recou... recouverts de vernis... vernis à ongles... couleur peau.

Mais qu'est-ce que je raconte ?! Je suis le pire improvisateur de tous les temps !

Je vois que je ne suis pas le seul à ne rien comprendre à mon charabia. La fille se tourne et regarde ses amies, toutes interloquées.

– T'as de l'argent ?

Je fais non de la tête.

– Pas d'argent, tu passes pas. Et tu sors pas d'ici.

– Je peux... je peux vous tresser... tresser les cheveux. Ma petite... petite sœur aime... aime ça. Je... je vous... vous jure.

Mes nouvelles amies s'impatientent. La chef leur fait signe d'avancer vers moi.

– Pas d'argent, pas vivant.

Super, je négocie avec une poétesse.

Je sors mon portefeuille. Je n'ai pas un rond. Je n'ai que quelques pièces de monnaie trouvées dans le laboratoire de Père avec un engrenage estampé dessus.

J'en exhibe une à la chef qui, en signe d'appréciation, donne un coup de doigt dessus. La pièce roule plus loin.

Elle siffle.

Une de ses camarades s'avance. Elle est d'une tête plus grande que moi et ses sourcils sont si épais qu'ils sont frisés (permanentés ?). Elle tient dans ses mains une chaîne rouillée.

– Toi la première, lui dit la chef.

43

En plus d'avoir commencé à entendre des voix dans ma tête, je suis sur le point de me battre avec des gamines de dix ans. Vraiment, c'est la plus belle journée de ma vie.

L'élan de la « sourcilleuse » est stoppé quand une sirène se fait entendre.

« Une de ses camarades s'avance. Elle est d'une tête plus grande que moi et ses sourcils sont si épais qu'ils sont frisés (permanentés ?). Elle tient dans ses mains une chaîne rouillée. »

Les visages des filles se métamorphosent. De brutes viriles, elles se sont métamorphosées en trouillardes. Elles prennent leurs jambes à leur cou et déguerpissent dans toutes les directions en hurlant comme, oui, des fillettes.

Je me demande s'il faut que je fasse de même (pas déguerpir, mais crier comme une fillette). Je vois alors arriver à une vitesse considérable un tank, projetant derrière lui un nuage de poussière.

Un tout petit tank.

Téléguidé.

Il s'arrête devant moi.

Il n'est pas plus haut que le milieu de mon mollet.

– Allez, suis-moi.

Le tank parle.

Me parle.

Je ne bouge pas.

– C'est moi, Garagiste. Allez, suis-moi.

– Vous êtes... êtes un... un tank ?

– T'es fêlé, ou quoi ? Pas de temps à perdre. Quand un Humain est dans le quartier, ça se sait rapidement.

Il fait un tour à cent quatre-vingts degrés et avance. Et vite. Au point que je dois courir pour le rattraper et, surtout, ne pas m'égarer dans le nuage de poussière.

Le rugissement d'un moteur attire mon attention. À deux cents mètres, une automobile avance vers nous. Elle n'a qu'un pneu avant. L'autre côté roule sur l'essieu et génère des flammèches.

C'est davantage une carcasse motorisée qu'une automobile.

Je grimpe sur ce qu'il reste du trottoir pour la laisser passer.

Le conducteur porte un chapeau de métal et a les cheveux très longs. Il pousse un cri de guerre lorsqu'il fait grimper son véhicule sur le trottoir.

Je retourne dans la rue.

Il fait de même. Il veut m'écraser.

– Attention, fait le tank.

– Quoi ?

L'engin téléguidé pointe son canon vers le véhicule. Puis crache une boule de feu directement sur le moteur qui bondit dans les airs. Le conducteur sort du véhicule au dernier instant : le moteur s'écrase là où il était quelques secondes auparavant.

Les mains sur le casque, le conducteur s'enfuit.

Je reste sur place, stupéfait par la tournure des événements. Je comprends pourquoi les gamines ont déguerpi.

Le tank pointe son canon sur moi.

– T'as besoin d'un stimulant pour avancer ?

Ce ne sera pas nécessaire.

Le tank format miniature s'arrête devant un édifice à trois étages recouvert de graffitis.

Certaines des fenêtres sont placardées, d'autres sont protégées par des grilles. Au pied de l'immeuble reposent des briques qui se sont détachées de la façade.

Alors que l'édifice donne l'impression qu'il va s'effondrer si une mouche s'y pose, la porte en acier, bien que recouverte elle aussi de graffitis, semble indestructible. Même si l'immeuble tombe, il est clair que la porte va rester debout.

Le tank s'arrête. Il y a un bourdonnement électronique et la porte s'ouvre.

– Dépêche-toi, me dit le tank, les mouches vont entrer.

Les mouches ? Je me méfierais plutôt des voisins...

Le tank pénètre dans l'immeuble. Je le suis. La porte se referme automatiquement derrière moi.

Le tank se stationne sous des escaliers en fer.

– C'est au troisième.

Je monte les marches. Elles sont rouillées à cause de l'humidité et certaines d'entre elles bougent lorsque je mets le pied dessus. J'agrippe la main courante qui, elle non plus, n'a pas l'air des plus fiables.

– Dépêche, le jeune, je n'ai pas que ça à faire.

La voix vient de tout en haut. C'est celle de Garagiste.

J'arrive au troisième étage. Je lui fais face.

C'est un Monstre, je le vois tout de suite : il a six doigts à chaque main. Il porte une barbe grise qu'il a dû tailler le jour où l'Homme a mis la première fois le pied sur la Lune. Idem pour ses cheveux : il a une queue de cheval qu'il a tressée et qui touche ses fesses.

Trois rides barrent le front de Garagiste et dansent lorsqu'il parle.

– Allez, entre, y'a des courants d'air. C'est pas bon pour mon arthrite.

Il n'a pas l'air heureux de me voir, même si c'est lui qui m'a invité.

J'entre et je m'arrête, abasourdi.

Il pose une main sur mon épaule.

– Hum... J'imagine que Mechanik t'avait pas mis au courant ?

Garagiste habite un loft qui occupe tout le troisième étage.

Le plancher est recouvert, jusqu'au plafond, de pièces électroniques. Malgré le désordre apparent, il semble y avoir une logique dans la manière dont le tout est disposé, puisque chaque pièce est étiquetée.

Rien à voir avec le fouillis du garage de Père.

Ce qui attire mon attention et me stupéfie, ce sont les trois mannequins qui me font face. Des mannequins de la même constitution que la mienne, habillés avec certains de mes vêtements. Leur visage, leurs sourcils, leurs cils et même leurs cheveux sont identiques aux miens. Les visages ont été peints du même teint que le mien.

– Qu'est-ce… qu'est-ce que… c'est ?

– On ne t'a jamais rien dit, n'est-ce pas ?

Je fais non de la tête.

– Je le savais. Je lui ai pourtant répété de te mettre au courant. Ce Mechanik…

– Qui… qui est… est Mechanik ?

– Ton père. C'était son surnom.

Je n'arrive pas à détacher mes yeux des mannequins.

– Je… je ne… ne comprends pas.

– Oh, pas besoin de bégayer pour ça. Avec moi, t'es en sécurité. Je ne te ferai aucun mal. Enfin, pas volontairement…

Il a un sourire qui m'inquiète. Si c'était une blague pour me mettre à l'aise, c'est un échec. Il poursuit :

– Tu sais que c'est Ratel Émeute qui a…

Il fait tourner sa main autour de son visage, comme s'il l'essuyait avec une débarbouillette. Je fais oui de la tête.

– Bien. Et ton père t'a sûrement dit de ne jamais faire confiance à un Monstre ?

Je fais encore oui de la tête.

– Eh bien, je suis l'exception qui confirme la règle. Je suis ton allié. Ton seul, d'ailleurs.

Je pense : un allié qui possède des répliques parfaites en cire de ma personne ? Inquiétant.

Garagiste s'approche des mannequins.

– Évidemment, c'est moi qui dois tout t'expliquer. Tu dois te demander ce que ça fait ici ?

J'opine du chef.

– Le Projet Neoman, c'est un truc sur lequel ton père et moi travaillons depuis bien avant ta naissance. Je ne sais pas combien d'années on y a consacrées. Quand on a arrêté notre choix sur toi, il nous a fallu créer chacune des pièces pour qu'elles soient parfaitement adaptées à ton corps. C'est réussi, non ?

Troublant de réussite, oui.

– Com... comment vous avez... avez fait pour...

Il ne me laisse pas terminer ma phrase.

– Eh bien, pour les détails, j'ai utilisé des photos et des vidéos de toi. Et ton père a pris des mesures à ton insu. Pour ton visage, il m'a apporté un masque fait avec des languettes de plâtre. Un truc que t'as fait à l'école, si je ne me trompe pas.

Il ne se trompe pas. En arts plastiques, à l'école, nous avons effectivement moulé notre visage. J'avais rapporté le masque à la maison et je l'avais placé sur la tablette du haut de ma garde-robe. Je ne m'en suis plus jamais soucié.

– Allez, suis-moi. J'ai autre chose à te montrer.

Il doit tirer sur la manche de mon manteau pour que je sorte de ma paralysie.

Tout au fond du loft, un autre choc m'attend.

46

En se rendant au bout de la pièce, Garagiste parle de Père :

– Je savais que quelque chose n'allait pas. La dernière fois que je l'ai vu, je me suis dit qu'il n'avait pas l'air bien. Il est mort de quoi ?

Garagiste ne semble aucunement peiné que Père soit décédé. Il m'en parle comme s'il ne le connaissait que depuis peu.

– Pas... pas clair. Un... un truc... truc fulgurant.

– Mouais. Les ennemis de Ratel Émeute meurent souvent de maladies jamais vues et fulgurantes.

– Que... que voulez-vous... vous dire ?

Il se tourne vers moi :

– Calme-toi, tu veux bien ? Je suis ton ami. Tu n'as pas à bégayer.

– D'ac... d'accord.

Ce que je n'ose pas lui dire par crainte d'être de nouveau interrompu, c'est que je ne contrôle pas mon bégaiement.

Quand je suis le moindrement nerveux, il apparaît. Et disparaît quand la tension est partie.

Je n'ai aucun pouvoir là-dessus.

Mes parents m'ont fait consulter plusieurs spécialistes et aucun n'a trouvé de solution à mon problème. Sauf un qui, en désespoir de cause, m'a recommandé de ne plus parler !

– J'aimais bien ton père, il me dit. Même s'il était rempli de travers, on arrivait à se comprendre. Il supportait bien peu de personnes. Et bien peu de personnes pouvaient le supporter. Mais quelle intelligence ! Pour un Humain, je veux dire.

Nous entrons dans une pièce où il y a plusieurs outils et appareils, dont des fers à souder, des tournevis miniatures et beaucoup d'instruments avec des cadrans. Je n'ai aucune idée à quoi ils peuvent servir.

Garagiste pointe son doigt vers le mur derrière moi :

– Regarde ça.

Des feuilles y sont épinglées. Ce sont des dizaines de graphiques.

– C'est ton évolution depuis quelques années. C'est fou à quel point tu as grandi.

Ma taille et mon poids ont été répertoriés depuis mes douze ans. Aussi ma masse corporelle, la grandeur de certains de mes os et d'autres données qui m'échappent.

Garagiste enfile des lunettes de lecture et scrute les feuilles.

– Depuis quelque temps, tu grandis moins vite. À quinze ans, c'est normal. Il te reste à peu près deux ou trois centimètres à gagner. Point de vue conception de l'armure, c'est négligeable.

Garagiste constate mon désarroi.

– Je suis désolé de tout te balancer. Mais il faut quelqu'un pour faire le sale travail.

– Je... je ne... ne comprends plus... plus rien.

Garagiste affiche un sourire de sympathie.

– Laisse-moi te raconter.

47

Garagiste retire d'un tabouret divers objets pour que je puisse m'y asseoir.

Il place un autre tabouret devant moi et s'y installe. Il se demande à voix haute :

– Par où commencer ?

Je reste coi.

– L'accident. T'as eu un accident de bicyclette à onze ans, n'est-ce pas ?

Je réponds oui de la tête.

– Je ne sais pas quelle vérité ton père t'a racontée, c'est pour ça que je te pose ces questions.

– Quelle... quelle vérité ?

Garagiste fait non de la tête, comme s'il venait de commettre un impair.

– Partons de ton accident de bicyclette. Tu te rappelles quelque chose ?

– No... non.

– Bien. Tu sais que c'est Mechanik qui t'a sauvé la vie, n'est-ce pas ?

– Oui.

– Tu sais qu'il t'a greffé un processeur au cerveau ?

Je ne dis rien. Il blague ou non ?

– Oh. Tu ne sais pas.

– Un pro... processe... processeur ?

– Oui. Il est nécessaire pour que tu sois Neoman. Pour que tu puisses communiquer avec l'armure, tu comprends ? Lui envoyer des commandes. Et toutes les applications, c'est lui qui les gère.

Garagiste ôte ses lunettes de lecture.

– Ce processeur, c'est ton père qui l'a conçu, mais c'est moi qui l'ai fait. Il est unique au monde. Et je connais certaines personnes qui, si elles savaient qu'il existe, paieraient des fortunes pour mettre la main dessus. Lorsque j'ai reçu le signal m'avertissant que le processeur avait été activé, je me suis inquiété. Il nous reste au moins deux ans de travail avant qu'on puisse passer en phase bêta. C'est ton père qui l'a activé ?

Je fais non de la tête.

– Tu l'as activé ? Je vois. Eh bien, force m'est de constater que je m'étais trompé.

– À quel... quel su... sujet ?

– Comme je t'ai dit, il y a encore beaucoup de tests à effectuer. J'étais persuadé qu'en activant ton processeur, ça allait boguer.

– Bo... boguer ?

– Ouais. Genre que le processeur allait faire griller ton cerveau.

Garagiste me fait un sourire en coin.

– T'es devant moi, en grande forme. Je n'aime pas avouer ça, mais c'est la preuve que je n'ai pas toujours raison. Une question comme ça... Depuis, est-ce qu'il t'arrive de saigner des oreilles ?

48

Il m'est difficile de déterminer ce qui est de l'humour chez Garagiste, et ce qui ne l'est pas. Il devrait plutôt s'appeler Pince-sans-rire.

– Non, je... je ne sai... saigne pas des... des oreilles.

– Tant mieux. Si ça arrive, prends une pause. Ça devrait passer.

La situation est surréaliste et je ne suis pas sûr de l'apprécier. Je me sens comme un pantin qui vient de découvrir que depuis tout ce temps, ses membres bougent grâce à des ficelles tirées par un marionnettiste.

Je continue de l'écouter sans rouspéter.

– Mechanik et moi, nous nous sommes vite rendu compte que ni un Humain, encore moins un Monstre, ne pourraient venir à bout de Ratel Émeute. Il fallait créer une nouvelle race. Tu es le premier individu à en faire partie. Et possiblement le dernier.

Garagiste décroche du mur un plan de l'armure.

– Tu es un nouvel Humain. Voilà pourquoi on t'a nommé Neoman. Parce que t'es le seul prototype. Tu vaux, au bas mot, cinq cent mille dollars.

Garagiste a l'air subitement inquiet.

– Tu ne l'as dit à personne, j'espère ? Pour l'armure et le reste ?

Je fais non de la tête.

– Bien. Dans tout cela, je ne vois qu'un seul problème. Il est unique, mais il est énorme.

– Le... lequel ?

– Tu es beaucoup trop immature pour incarner Neoman. T'es encore aux couches.

Il vient de m'insulter.

– Je ne... je ne suis pas... pas trop... trop imma... immature !

– Mais si. Je sais comment vous êtes, les Humains, quand vous êtes adolescents. Rien ne vous fait peur. Vous prenez des risques inutiles et la plus basse des stupidités vous rend hilares. Quand quelqu'un pète, vous êtes sur le bord de mourir de rire. En plus, dès que vous voyez une femme, vos hormones se mettent à frire et aspirent le peu de rationalité que vous possédez, quand vous en possédez.

Je veux lui faire comprendre que je ne suis pas comme les autres gars de mon âge, que je suis beaucoup plus adulte. C'est Père qui l'a dit !

Et ajouter que j'assume plus de responsabilités que la plupart de mes camarades de classe. Mais ce serait trop long à exprimer avec mon bégaiement.

– Dans nos plans, on allait te révéler ta vraie nature à vingt-cinq ans, minimum. T'as quinze ans, c'est dix années trop tôt.

– No... non ! Je suis... suis... suis capable !

Il plante son regard dans le mien :

– Tu bégaies quand tu parles avec un inconnu. Et tu crois être capable d'enfiler l'armure d'un superhéros et de combattre les méchants ? Ne me fais pas rire.

49

Même si je soutiens son regard, je ne trouve rien à rétorquer. Il a été brutal.

– Tu comprends, Mathieu ? Neoman, c'est l'armure. Mais Neoman, c'est aussi toi. Et toi, tu dois mûrir. Expérimenter. Vivre. Et souffrir. C'est une trop grande responsabilité pour un enfant de quinze ans.

– Je... je ne suis... suis pas... pas un...

– Mais si, t'es un enfant. À quinze ans, on se croit invincible. Et prêt à remplir des fonctions que seuls des adultes peuvent assumer. Ta naïveté est belle. Je t'envie presque.

Je baisse la tête.

– Reviens me voir dans dix ans. Là, on pourra parler des vraies choses.

Je laisse échapper :

– Père... père me di... me disait que j'étais... j'étais prêt.

– Ton père t'aimait. Il ne voulait pas te vexer. Et il a toujours été trop pressé. Moi, je te connais pas vraiment. C'est pour ça que je te dis la vérité.

Je me tourne vers les tableaux qui indiquent, au millimètre et au gramme près, mes courbes de croissance. Garagiste comprend que je viens de lui répondre avec mon regard.

– D'accord, il dit, je connais le Mathieu statistique. Le Mathieu physiologique et organique. Le Mathieu hormonal.

Il montre sa tête avec un doigt.

– Mais ce qu'il y a là-dedans, je n'en sais rien. Et t'auras beau avoir le corps idéal pour être Neoman, c'est ce qu'il y a dans ta tête et comment tu t'en sers qui compte vraiment.

Il fait une pause, émet un son, puis se tait. Il touche mon bras.

– Il y a un aspect de ton passé que tu ne connais pas. Lorsqu'il te sera révélé, tu devras apprendre à vivre avec. Ce sera une lourde tâche, si tu y survis.

Un aspect de mon passé ? Si j'y survis ? De quoi parle-t-il encore ?

– Regarde-moi.

Ce que je fais.

– Si tu enfiles l'armure de Neoman et que tu joues au cow-boy dans Nirvanaa, tu vas te faire massacrer. Neoman, ce n'est pas un jeu vidéo. Tu n'as aucune chance de t'en sortir. Aucune, Mathieu. Zéro. Tu me comprends ?

Je fais oui de la tête, même si je compte ne pas me plier à ses ordres. Comment pourrait-il m'obliger à obéir à ses règles stupides ? Il ne peut pas me suivre à la trace.

Comme s'il venait de lire l'expression de mon visage, il ajoute :

– De toute façon, Mathieu, je ne te laisserai pas faire.

– Vous... vous n'avez aucun... aucun contrôle sur... sur ce que je fais.

– Là, tu te trompes. À distance, je peux faire griller ton processeur. Ce qui, dans le meilleur des cas, va te tuer. Le pire ? Tu vas devenir légume.

50

La mort dans l'âme, Garagiste me raccompagne virtuellement avec son tank téléguidé jusqu'à la lisière du Premier Bourg.

– Je comprends que tu sois déçu, dit le haut-parleur de l'engin. Mais crois-moi, ces dix ans sont nécessaires pour supporter ton passé.

Il revient une autre fois sur cette histoire de passé. Je le relance :

– Quel... quel pas... passé ?

– Pas tout de suite. Tu n'es pas prêt. Oublie l'armure de Neoman et désynchronise-toi. Fais le deuil de ton père et apprends un métier. Et explore ce qui s'est passé avant ton supposé accident de bicyclette. Il y a une raison pour laquelle tu n'as plus de souvenirs datant d'avant cet événement. Remets tout en question.

Mon « supposé » accident de bicyclette ? Il n'y a rien de « supposé » à être frappé de plein fouet par une bétonneuse !

– Au début, tu seras terrassé par cette révélation. Ton père m'a dit que t'avais une allergie aux ordinateurs, n'est-ce pas ?

– Di... disons qu'ils... qu'ils ne m'ai... m'aiment pas.

– Je vois un lien direct avec ton intolérance aux ordinateurs. Avec le temps, le traumatisme se transformera en force. Et là, tu pourras devenir Neoman. Pour l'instant, ce sont des failles que tes ennemis pourraient exploiter.

Je ne l'entends plus vraiment. Je suis lessivé. Et profondément meurtri par le manque de confiance qu'il me témoigne. Neoman, c'est aujourd'hui que je veux l'incarner, pas dans dix ans !

Sans me retourner pour saluer Garagiste, je quitte le Premier Bourg.

Je glisse mes écouteurs dans mes oreilles et, pour essayer d'oublier, je me saoule de musique trop forte.

51

Je passe la soirée et une partie de la nuit à jouer en ligne au « Monde de Syrinx » avec Télémaque. Ça me permet de fuir mes soucis.

Rollo et Bollo, les intrépides chien saucisse pirate et perroquet, font des ravages.

Je concentre toute ma frustration sur les trolls, vampires, géants et nains sanguinaires que l'on croise. Dès qu'on en affronte un, je ne prends même pas le temps de connaître ses intentions, je le massacre.

– Wow, Lézard, me dit Télémaque dans mes écouteurs. Je ne t'ai jamais vu aussi féroce. T'es l'oiseau le plus cruel de tous les temps. Même ma perruche qui aime m'arracher les poils du nez ne t'arrive pas à la cheville.

Pour la première fois, c'est Télémaque qui abandonne la partie avant moi.

– Je sais pas quelle mouche t'a piqué, mais t'es en feu. Il est une heure et demie du mat, tu sais qu'on a de l'école demain ?

– Déjà ? Allez, encore une demi-heure.

Mère m'a demandé de me mettre hors ligne à vingt-deux heures. Je ne l'ai pas écoutée. Le temps passe si vite avec mon ami chien saucisse.

– Lézard, je pleure des larmes de sang et je suis sur le point de vomir sur la manette de jeu. Je n'en peux plus. Adieu.

Télémaque se met hors ligne. Je fais de même après avoir dévoré la jambe d'un pauvre farfadet joyeux qui voulait devenir mon ami.

Dormir... Impossible ! Les sentiments partagés qui s'entrechoquent en moi agissent comme de la caféine.

Couché sur mon lit, encore tout habillé, les bras en croix derrière ma nuque, je fixe les fissures du plafond de ma chambre. Elles me font penser aux supposées failles dont Garagiste m'a parlé.

J'entends encore Père me dire qu'il ne faut jamais faire confiance aux Monstres. Garagiste est-il véritablement l'exception qui confirme la règle ?

Je ne crois pas un seul instant cette histoire de passé dont j'ignore l'existence, un passé qui serait si horrible que le jour où je vais le connaître, il va me démolir. J'ai quinze ans, qu'est-ce que j'aurais pu faire de si terrible ? Père m'en aurait parlé.

Je cherche dans mes souvenirs. Il est vrai que je ne me rappelle rien d'avant mon accident. Normal, me disait Père, la zone de mon cerveau liée aux souvenirs permanents a été gravement endommagée.

Et comment ma relation trouble avec les ordinateurs peut-elle avoir un lien avec ce passé ?

Je crois que Garagiste a tout inventé. Pour gagner du temps.

L'armure de Neoman, je la contrôle bien. Pas besoin d'attendre dix ans !

Aussi, j'ai la vive impression d'avoir été violé dans mon intimité. Depuis plusieurs années, un inconnu sait tout sur moi. Sans mon consentement.

C'est comme si je découvrais une caméra cachée dans ma chambre.

Je devrais en vouloir à Père, parce qu'il a été complice de ces indiscrétions, mais j'en suis incapable.

Pour Garagiste, je suis un objet. Un « prototype », comme il dit. Un bidule prévisible qu'on peut contrôler à distance, comme son tank.

Je voudrais tellement discuter avec Père. Pourquoi m'a-t-il caché tout ça ? Lui, il me dirait la vérité. Et il me donnerait l'heure juste, comme il l'a toujours fait.

Je n'ai jamais cru à ces nombreuses apparitions de fantômes à Nirvanaa. Mais s'ils existent vraiment, pourquoi Père n'en est-il pas devenu un ?

J'use mes draps à force de tourner d'un bord et de l'autre dans mon lit.

À trois heures du matin, je regarde la clef que j'ai autour du cou. La clef qui mène au laboratoire.

Je sors du lit. Et prends la direction du garage.

52

Il pleut si fort que les gouttes de pluie me font mal lorsqu'elles touchent ma peau.

Je cours vers le garage et y pénètre.

Doc jappe : il veut participer à mon excursion nocturne.

Je le détache, mais il reste dans sa niche.

– Allez, Bonhomme. Pas grave si tu te mouilles un peu, tu devrais survivre.

Ce qu'il peut être douillet, ce chien. Il sait grogner et japper fort, mais il ne ferait jamais de mal à une mouche, même si elle dansait en ligne avec quelques-unes de ses congénères dans les conduits de ses oreilles.

– Allez, Doc ! T'es en train de me faire prendre une douche de force !

Je dois tirer sur son collier pour qu'il daigne me suivre.

Une fois dans le labo, Doc se jette sur le canapé et se couche.

Je demeure quelques instants devant l'ordinateur qui affiche l'économiseur d'écran. « Projet Neoman » apparaît.

J'appuie sur une touche et le fais disparaître.

Immédiatement, une fenêtre s'ouvre : « Voulez-vous désynchroniser ? O/N. »

Je reste immobile. Puis je sens qu'une migraine me menace. Je dois me dépêcher avant de saigner des oreilles, comme dit Garagiste.

Ma raison m'ordonne d'appuyer sur la touche O, pour revenir comme avant. Mon cœur insiste pour que j'opte pour le N.

Ma raison : t'es trop jeune, Garagiste t'en a averti. Trop immature. Enfiler cette armure entraîne trop de responsabilités pour un ado de quinze ans. Et il y a ce secret sur ton passé que tu ignores. Découvre-le, apprends à vivre avec, et on reparlera de

Neoman après. Tu vas te faire pulvériser à la première occasion, t'es même pas en phase bêta.

Mon cœur : bla bla bla. Foutaises. « La valeur n'attend point le nombre des années », affirmait un philosophe. Et cette affaire de passé trouble, c'est de la frime, c'est pour gagner du temps. Tu ne dois faire confiance à aucun Monstre. Aucun. Pas même Garagiste. Et au-delà de tout, être Neoman te procure le sentiment le plus plaisant que t'as ressenti dans ta vie, pourquoi t'en priver ?

Je fais survoler mon index au-dessus du clavier, puis le retire.

Je tourne la tête et observe l'armure de Neoman, dans un coin de la pièce.

Je vais rejoindre Doc sur le canapé. Je m'enfonce dedans et ferme les yeux.

Je réalise alors une chose : quoi qu'on dise ou quoi qu'on fasse, je suis Mathieu Lazare, mais je suis également Neoman. Parce que je suis le seul à avoir ce processeur dans la tête.

Je suis privilégié. Mais mon état entraîne des responsabilités, responsabilités que je compte pleinement assumer.

Père serait d'accord avec moi.

Je peux très bien vivre avec ma décision.

Je me relève et je vais appuyer sur la touche N du clavier de l'ordinateur.

53

À l'école, j'ai cessé de craindre une attaque de Voyeur. La raclée que je lui ai donnée semble lui avoir mis du plomb dans la tête. Je crois qu'il n'en a même pas parlé à ses amis, trop humilié d'avoir été dominé par un Humain.

Je me promène dans les corridors, la tête haute. Lorsque je croise un Monstre, je ne le provoque pas, mais je ne baisse pas les yeux non plus.

Je reste digne.

Cela me conforte dans le choix que j'ai fait : celui de ne pas mettre en veilleuse le « Projet Neoman ».

Père serait fier de moi.

Au diable Garagiste ! Je ne suis pas un de ses mannequins de cire. Il ne peut pas faire ce qu'il veut avec moi.

Depuis quelques jours, les Monstres ont pris en grippe un jeune homme de troisième secondaire et qui porte le prénom de Jim. Une rumeur persistante affirme qu'il est un Bâtard. Son père serait Humain et sa mère, Monstre.

Être Bâtard est la pire des situations.

Les Humains et les Monstres se détestent.

Mais les deux haïssent les Bâtards.

C'est pour cette raison qu'à l'école, personne ne se proclame ouvertement Bâtard, même si la déclaration est obligatoire. Monsieur Taulard, le directeur, garde la liste des Bâtards dans un coffre-fort. Si un élève malintentionné mettait la main dessus, ce serait le carnage.

Aucun Bâtard ne pourrait vivre dans un tel environnement.

Harcelés et brutalisés par les Monstres et les Humains, ils connaîtraient l'enfer.

Si un bruit circule à l'effet que tel étudiant est Bâtard, il est retiré de l'école afin d'éviter un lynchage et de laisser le temps apaiser les tensions.

Comme au Moyen-Âge.

Jim affirme que ses parents sont Humains.

Ça a suffi aux Humains comme explication : ils l'ont laissé tranquille.

Mais les Monstres continuent d'alimenter les rumeurs en les gavant de mensonges. À tel point qu'ils se sont persuadés que Jim était un Bâtard. Il représente une épine dans le pied de la fierté des Monstres.

– T'as entendu pour le mec ? commence Télémaque alors que nous revenons de l'école.

– Quel mec ?

– Tu sais, celui qui est harcelé par les Monstres ces jours-ci. Je voudrais pas être à sa place. Après l'école, demain, les Monstres vont lui faire la peau.

– Il faut faire quelque chose.

– Ah non, tu recommences pas avec tes idées folles ! Même le directeur Taulard claque des dents quand il discute avec un Monstre. Il est condamné, ce Bâtard.

– C'en est pas un, tu le sais.

– Dans la tête des Monstres, c'en est un. C'est ce qui compte vraiment.

Une pause. Puis Télémaque me demande :

– À quoi tu penses ? Le sauver, peut-être ?

– Ouais. On ne peut plus les laisser faire. Il faut que ça arrête.

– T'es tombé sur la tête, Lézard. Ce n'est pas de nos affaires.

Je réfléchis à mes options. Puis, je dis :

– T'as raison. C'est trop risqué. Suici-
daire, même.

– Il était temps que tu reviennes sur
terre.

Moi, Mathieu Lazare, je ne vais pas
m'interposer entre Jim et les Monstres.
C'est trop risqué en effet

Mais je connais quelqu'un qui va le
faire.

Et qui peut le faire.

54

Le lendemain, il y a une certaine fébrilité
à l'école.

Les Monstres sont encore plus bruyants
que d'habitude.

Les Humains longent les murs et avancent en laissant leur regard glisser sur les
lignes du plancher.

Tout le monde sait que les Monstres sont sur le point de passer à tabac le supposé Bâtard.

Jim, que je me suis efforcé d'espionner entre les cours, fait comme si ça ne l'affectait pas.

Mais les traits sur son visage ne mentent pas. Il a peur. Et les fois où j'ai écouté son cœur avec mon ouïe extrafine, il battait la chamade.

Le directeur Taulard, au fait de l'affrontement à venir, a averti les Monstres : s'ils touchent à Jim, ils seront sanctionnés.

Les Monstres ont ri de lui.

Si on leur impose une retenue, ils n'iront pas.

Si on les suspend, ça va leur faire plaisir.

Après l'heure du dîner, alors que je discute avec Télémaque de notre tactique pour avancer dans le « Monde de Syrinx », je pose ma main sur mon ventre.

– Ça va ?

– Non, j'ai mal au ventre.

Télémaque recule.

– Eh, oh, pas question de vomir sur mes nouvelles chaussures.

– Non, non, ça va passer.

Mais ça ne passe pas. Une crampe dans le bas du ventre me force à m'asseoir sur le plancher.

Mon ami me rassure :

– C'est un cancer.

– Merci pour le diagnostic, mais je m'en doutais.

– Ou un ver solitaire. C'est normal que ça fasse mal, il te bouffe de l'intérieur. As-tu l'impression que tu vas expulser par la bouche ou ailleurs ?

– Pas l'intention d'expulser. Aïe !

Je me plie en deux.

– Faudrait que tu retournes à la maison. Mourir dans ton lit. Pas ici. Dans un corridor d'école, ce serait pathétique.

– Mais non, ça va aller.

Je tente de me relever, mais je n'y arrive pas.

– Aïe ! Ça fait mal !

– Allez, retourne à la maison.

– Ouais, t'as raison, c'est ce que je vais faire.

Lentement, je marche vers mon casier. Télémaque m'aide à enfiler mon manteau.

– Tu veux que je t'accompagne ?

– Non, ça va aller. J'ai juste hâte de prendre de l'air.

– Super ! Parce que te voir agoniser pourrait gâcher ma journée.

Souffrant, la main sur le ventre, je m'éloigne de l'école.

Dès qu'elle n'est plus dans mon champ de vision, je me redresse. D'un pas rapide, je me dirige vers l'arrêt d'autobus.

55

Je ne suis aucunement malade.

Au contraire : je suis aussi excité que Doc devant un os à mâchouiller.

En arrivant à la maison, je me précipite dans le laboratoire et j'enfile mon armure.

Il reste moins de deux heures avant la fin des cours. J'ai amplement le temps de retourner à l'école.

Mon plan est simple : suivre Jim à la trace. Si des Monstres veulent s'en prendre à lui, j'ajoute mon grain de sel.

J'ai le pouvoir de faire cesser ces abus. Je ne peux plus faire comme s'ils n'existaient pas.

Je me sens responsable.

À visage découvert, si j'interviens, je vais devenir la cible des Monstres et ma vie sera un enfer. Et de courte durée.

Quand on s'en prend à un Monstre, ce sont tous les Monstres qui se sentent agressés. Ils sont solidaires. C'est peut-être ce qui nous manque à nous, les Humains.

D'un autre côté, les Monstres sont tellement puissants. Et cruels.

Mais en revêtant l'identité de Neoman, je suis certain que personne ne devinera que je suis Mathieu Lazare. Les Monstres n'en voudront qu'à Neoman et ne sauront pas qui se cache derrière l'armure.

J'ai beaucoup songé à ce que Garagiste m'a dit. Je ne vois pas ce que je pourrais risquer. Même s'ils sont dix, je sens que je peux tous leur faire mordre la poussière, et deux fois plutôt qu'une.

Et Garagiste ne sera jamais au fait de mon intervention.

C'est un essai. On verra par la suite si ça vaut la peine de poursuivre l'aventure.

Je sors du garage. Dès que Doc m'aperçoit, il jappe comme un désespéré.

– Chut ! C'est moi, grand dadais.

Je retire un gant et gratte son museau.
Il bat la queue et cesse de japper.

Je règle la gravité à « - 5 » et mes jambes
à « 2 tonnes ». Puis j'effectue un saut en direction de l'école.

56

Et moins de dix minutes après mon
départ, je me pose sur le toit plat de
l'établissement scolaire. Beaucoup plus
rapide qu'avec l'autobus !

Je regarde ma montre : il reste un
peu plus d'une heure avant la fin des
classes.

Je suis arrivé en avance, parce que Jim
va sûrement quitter l'école plus tôt afin
d'éviter les Monstres.

Si j'étais dans sa peau, c'est ce que je
ferais.

Je ne me suis pas trompé. Quelques minutes plus tard, je le vois sortir de l'école au pas de course. Il regarde derrière lui, inquiet.

Des Monstres le suivent. Je reconnais l'un d'entre eux : c'est Voyeur.

Les lâches : ils sont sept.

Jim s'enfonce dans le boisé situé à l'arrière de l'école. Les Monstres accélèrent le pas, tout en sortant de leur sac d'école des armes : marteaux, bâtons de baseball miniatures et couteaux.

Je saute jusqu'à l'arbre le plus haut du boisé et m'accroche à une branche. Jim court dans le sentier. Il passe sous moi sans me voir. Il a une bonne avance sur les Monstres.

Je bondis plus loin et m'agrippe à un autre arbre. J'attends que Jim passe.

Pas de trace de lui. Mauvais signe.

Je descends de quelques mètres pour observer le sentier.

Jim est à cent mètres de moi. Il a fait une chute. Il essaie de se relever, mais sa cheville droite semble le faire souffrir.

En y regardant de plus près, je remarque qu'elle forme un angle étrange avec le mollet. Il ne l'a pas tordue en tombant, mais fracturée.

Je vois les Monstres approcher. Lorsqu'ils constatent que Jim ne peut plus avancer, ils ralentissent.

C'est Voyeur qui parle. Une bosse violacée sur son front est encore visible, cadeau que je lui a offert. Mais il n'a pas retenu sa leçon.

– Tu croyais que t'allais nous échapper, Bâtard ?

Voyeur tient un marteau dans sa main. Et ce n'est pas pour construire une cabane dans un arbre.

Il s'arrête à un mètre de Jim, qui grogne de douleur.

– Les gars, je suis blessé. Pitié...

Voyeur observe son arme. Puis, à l'intention de ses amis :

– Je me demande de quel bord je devrais le frapper. L'arrache-clou ou la partie plate ?

Un de ses amis répond :

– Utilise le manche, le plaisir va durer plus longtemps !

Les sept Monstres s'esclaffent.

– Qui filme ? lance Voyeur. Faut pas que nos amis manquent ça, ça va être mémorable.

– Moi, fait un des Monstres dont une jambe plus courte que les deux autres émerge de son dos.

Il sort son téléphone cellulaire et pointe la lentille vers Jim.

– Action ! il dit en riant.

C'est le temps d'intervenir.

57

Du haut des airs, je me laisse tomber à quelques centimètres de Jim.

Je fais trembler le sol en atterrissant.

Les sept Monstres reculent, décontenancés.

Les sourcils froncés d'incrédulité, Voyeur lève son marteau vers moi et me demande :

– Qui es-tu ?

Avec mon index, je montre le logotype sur mon plastron qui représente un engrenage à l'intérieur duquel se trouve la lettre N.

– Je suis Neoman, je dis de ma voix métallique.

Voyeur se gratte le menton avec l'arrache-clou de son marteau.

– Et, euh, qu'est-ce que tu fais là ? Tu vis dans les arbres, comme les singes ?

Un des Monstres ricane. Mais arrête immédiatement lorsqu'il voit qu'il est le seul à rire.

Je tends la main vers Jim.

– Je suis ici pour le protéger.

– Genre, t'es sa mère ? Et tu portes un déguisement parce que t'as honte d'être une guenon ?

Cette fois, les Monstres comprennent que Voyeur se moque de moi et s'esclaffent. Je décide de faire évoluer la conversation.

– Je vous laisse dix secondes pour déguerpir. Dix...

Voyeur esquisse un sourire.

– Quoi ? fait Voyeur. Tu sais à qui t'as affaire ?

– Neuf, huit, sept...

– Je sais pas qui t'es, mais t'es un crétin.

– Six, cinq, quatre...

Voyeur regarde ses camarades. Il donne un coup de tête dans ma direction.

– Les gars, on s'occupe de lui. Après, on aura le Bâtard comme dessert.

– Trois, deux, un...

Voyeur fait non de la tête et fait signe aux autres Monstres de le suivre.

– T'es mort, il grogne avant de foncer vers moi, le marteau au-dessus de sa tête.

58

APP < Combat < Capoeira 2.4

La capoeira est un art martial créé par les esclaves afro-brésiliens, au dix-neuvième siècle. On dit que c'est un moyen de défense spectaculaire et acrobatique.

Quand je l'ai pratiqué devant mon miroir, j'ai cassé ma chaise de bureau et j'ai propulsé ma lampe à l'autre bout de ma chambre.

Je vais en mettre plein la vue aux Monstres.

Je me penche vers l'avant, les bras parallèles au sol, et je fais bouger mes jambes d'avant en arrière, tout en me promenant de gauche à droite. C'est la position de base, la *ginga*.

Dès que Voyeur est à ma portée, j'effectue un *macaco*, un *flip* arrière en posant une seule main sur le sol. Mon pied vient frapper la main qui tient le marteau. En me relevant, j'attrape son arme dans les airs.

Pas besoin de ça pour me défendre. Je le lance plus loin.

Voyeur me flanque un coup de poing en plein ventre. Je ne sens rien, merci à mon plastron en aluminium.

Il retire sa main en grognant de douleur.

J'en profite pour lui asséner une *cabeçada*, un coup de tête porté sur son thorax.

Le souffle coupé, il se plie en deux. Sa position est parfaite pour que j'en finisse avec lui. Ce sera la meia-lua solta.

Je pivote sur moi-même en exerçant toute la pression sur ma jambe d'appui. L'autre jambe est relevée. Je fais faire trois cent soixante degrés à mon corps et mon pied vient frapper la mâchoire de Voyeur.

Ce dernier s'effondre.

Je me tourne vers les autres Monstres. Éberlués, ils ont la bouche béante.

– Qui est le prochain ? À moins que vous préfériez que je vous batte tous en même temps, je ne suis pas capricieux.

Je me mets en position de *ginga*, prêt à poursuivre.

Les Monstres laissent tomber leurs armes et se précipitent dans le sentier, en direction de l'école.

Je pourrais les rattraper et leur flanquer la correction de leur vie, mais à quoi bon ? Violence inutile.

Je vais à la rencontre de Jim.

APP < Images < Rayons X 4.2

J'observe sa jambe. Je ne m'étais pas trompé, il a une vilaine fracture à la cheville.

Il tente de se relever.

– Ne bouge pas. Tu pourrais envenimer ta blessure.

Il m'écoute et appuie sa tête sur le sol. Je ramasse une branche aussi grosse que mon poignet. Je sors du ruban électrique d'une de mes poches. Puis j'entreprends d'immobiliser sa jambe avec la branche.

– Désolé si ça te fait mal.

– Qui êtes-vous ?

– Je suis un ami.

– Vous êtes... Vous êtes... fabuleux.

Sous mon casque, je souris.

« Fabuleux. » J'aime bien ce qualificatif.

59

Je transporte Jim dans mes bras jusqu'à l'infirmerie de l'école.

En approchant de l'école, j'attire l'attention de plusieurs élèves au travers des fenêtres. Je les vois me montrer du doigt. Certains me prennent en photo avec leur téléphone cellulaire.

L'infirmerie est située à l'entrée. C'est la secrétaire de monsieur Taulard qui m'accueille.

– Appelez une ambulance. Il a la cheville droite fracturée à plusieurs endroits.

La secrétaire se jette sur le téléphone, tout en m'observant, comme si j'étais une blatte géante qui parlait en alexandrins.

Je dépose délicatement Jim sur le lit de camp.

– Merci pour tout, il me dit.

– C'est O.K.

À l'intention de la secrétaire éberluée :

– Et il y a quelqu'un dans le sentier, derrière l'école. Il est inconscient.

Je me dirige vers la sortie.

Je rebrousse chemin, réalisant que j'ai oublié de donner un souvenir à Jim. Je fouille dans l'une de mes poches.

– Cadeau, je lui dis en lançant une pièce de monnaie de Nirvanaa frappée de mon sceau.

Il l'attrape dans les airs.

– En souvenir de ta rencontre avec le Fabuleux Neoman.

Puis je quitte prestement les lieux.

60

En retournant à la maison, j'effectue des sauts très hauts et je m'amuse à me faire culbuter.

Je suis fier de ce que je viens d'accomplir.

Très fier, même.

Et en plus, je n'ai jamais eu autant de plaisir.

J'ai peine à réaliser que j'ai tant de pouvoir.

Je me suis débarrassé seul de sept Monstres armés en moins de temps qu'il ne le faut pour arracher une dent qui pendouille à un enfant de six ans.

Me voilà euphorique.

Je retire mon armure dans mon laboratoire et entre dans la maison. Je fais quelques devoirs machinalement. Je regarde l'heure : Télémaque devrait être en ligne d'une minute à l'autre.

Je me branche au « Monde de Syrinx ».

Quelques instants plus tard, Télémaque se met aussi en ligne.

– J'imagine que ça va mieux si t'es là.

– Ouais, beaucoup mieux. Depuis que j'ai expulsé, comme tu dis, je me sens comme un nouvel homme.

– Tu devineras jamais ce qui s'est passé pendant ton absence.

– Quoi ?

– Eh bien, tu sais, le Bâtard...

– C'est pas un Bâtard.

– On s'en fout. Eh bien lui, pendant qu'il se faisait battre par des Monstres, il y a une espèce de robot qui est venu le sauver.

– Un robot ?

– Ouais. Un robot qui peut voler.

Je joue le jeu. Ça m'amuse.

– Qu'est-ce que tu racontes ? Je crois que t'aurais aussi besoin d'expulser pour te remettre les idées en ordre.

– Non, non, je blague pas. Attends.

Une minute passe. Pendant ce temps, je fais voler Bollo, mon perroquet, dans le « Monde de Syrinx », question qu'il se dégourdisse les ailes. Je lui fais faire ses besoins sur quelques têtes.

– Je vais t'envoyer une image, m'annonce Télémaque en revenant.

J'accepte de la télécharger. Je l'ouvre pour la regarder.

La photo est floue. Elle a été prise de loin avec une lentille de mauvaise qualité. Mais je me reconnais. Avec Jim dans les bras. C'est au moment où je marche en direction de l'infirmerie de l'école.

– Étrange.

– Paraît qu'il a mis K.-O. un Monstre.

– Je te crois pas.

– Est-ce que je t'ai déjà menti ?

– À part la fois où t'as essayé de me faire gober que tu vivais dans une maison d'un million de dollars et que t'avais des rhinocéros comme chiens de garde, non.

– Je te jure que je te dis la vérité ! Le robot se fait appeler Neoman. Le Fabuleux Neoman. C'est ce que le Bâ... euh, ce que Jim a raconté au directeur.

« Le Fabuleux Neoman. » Hé, hé...

C'est officiel, j'adopte ce nom.

61

Au souper, Mère s'assoit au bout du comptoir de cuisine et nous regarde manger, Célia et moi.

– Tu manges pas ?

– J'ai pas faim, elle répond. Tu sais, mon estomac.

Mère maigrit à vue d'œil. Ses soucis la ravagent de l'intérieur. Je voudrais tellement l'aider.

Faut que je me trouve un boulot. Et vite.

L'atmosphère est trop lourde. Je décide de l'alléger.

– Il s'est passé quelque chose à l'école, aujourd'hui, je dis en engouffrant ma cuillère remplie de soupe aux tomates diluée dans beaucoup trop d'eau.

– Ah ouais ? demande Célia. T'as enfin compris comment faire une boucle avec tes lacets de chaussures ?

Mère ricane. C'est bon de l'entendre.

– Non, ça, c'était hier. Aujourd'hui, il y a une espèce de robot qui a défendu un élève qui se faisait tabasser. Il s'appelle le Fabuleux Neoman. Un genre de superhéros.

Célia m'observe avec un air de bœuf qui rumine.

– T'aurais pas commencé à consommer de la drogue, par hasard ?

– Célia ! fait Mère.

– Ben quoi ! C'est n'importe quoi, ce qu'il raconte !

– Non, je vous assure que c'est vrai. J'ai même vu une photo.

– C'est ça, comme l'abominable homme des neiges ou le monstre du loch Ness. Vous, les adolescents, vous avez tellement d'imagination !

Ce charmant commentaire sort de la bouche d'une fillette de dix ans. Qu'est-ce que j'ai fait à l'univers pour mériter une sœur comme elle ?

– Je vais demander à Télémaque de t'envoyer la photo. Tu vas voir que je dis vrai.

Nous finissons de manger. Je fais exprès pour laisser la moitié de ma soupe dans mon bol. Pour Mère.

Ce n'est pas un sacrifice, puisque je n'ai pas très faim. Je flotte encore sur un nuage. Si je m'écoutais, j'enfilerais de nouveau l'armure de Neoman et je partirais de la recherche de malfrats de Nirvanaa pour leur botter le derrière.

Il faut que je me calme. Mon enthousiasme est dangereux.

Alors que je rêve éveillé sur mon lit, je songe au souvenir que j'ai rapporté de ma rencontre avec les Monstres.

Je me relève et, de la poche de mon manteau, je sors le téléphone cellulaire qu'un des Monstres a échappé quand il s'est sauvé.

En parcourant sa mémoire, j'y découvre un fichier fort intéressant.

62

La vidéo ne dure pas plus d'une minute et demie. Elle est tremblotante, mal cadrée et la mise au point est aléatoire.

Mais elle me captive à un tel point que je la regarde plusieurs fois.

Il s'agit de l'affrontement que j'ai eu avec Voyeur. J'ai du mal à croire que je suis la personne sous l'armure.

Mes gestes sont fluides et précis. Je dégage une confiance en soi qui me laisse pantois.

Et, plus que tout, je suis *cool*. Le roi des *cools*, même.

Les possibilités qui s'offrent à moi sont infinies. Si on m'en laissait l'opportunité, je pourrais faire le ménage de Nirvanaa en moins de deux.

Pourquoi Garagiste m'interdit-il de revêtir l'armure ? Je suis prêt, vraiment pas besoin d'attendre dix ans. J'ai la preuve devant moi.

Même s'il avait l'air imperturbable, je pourrais peut-être encore essayer de le convaincre.

Père, lui, n'en aurait pas fait de cas. Il m'aurait laissé libre. Il avait confiance en moi.

Je m'endors en songeant à tout ce que je pourrais réaliser en tant que Neoman. C'est planant.

Le lendemain, tous les étudiants parlent de moi. Je suis devenu le gars le plus populaire de l'école, mais je suis le seul à le savoir.

Les Humains sont en liesse. Enfin, un des leurs a osé donner une leçon aux

Monstres ! Et toute une ! Il a envoyé Voyeur à l'hôpital.

La tentation de révéler la véritable identité du Fabuleux Neoman est forte, mais je résiste.

Il le faut.

La rumeur de mon existence s'est répandue comme une traînée de poudre. Plusieurs élèves m'ont filmé ou m'ont pris en photo.

– Toi, qu'est-ce que t'en penses ? demande Télémaque alors que nous nous rendons à un cours.

– Je sais pas trop, je fais en esquissant un sourire.

– Pourquoi tu souris ? Qu'est-ce qu'il y a de drôle ?

– Rien. Tout cela est juste beau.

– « Beau » ? C'est quoi, cette expression à la noix ? Tu deviens sensible en vieillissant ?

Nous passons devant un graffiti sur le casier d'un Monstre : il s'agit d'un engrenage rapidement fait au marqueur noir avec un N dedans.

Il faut être dingo pour prendre un aussi grand risque. Avant l'événement d'hier, aucun Humain n'aurait tenté pareille provocation.

Les Monstres, pour leur part, nient que Neoman existe, malgré les images et les courtes vidéos qui circulent sur le Net.

Il ne s'est rien passé hier et si Voyeur n'est pas à l'école, c'est qu'il est malade.

N'empêche, les Monstres cachent mal leur contrariété. Ça ne prendrait qu'une étincelle pour les faire exploser de rage.

Cette étincelle, j'ai le goût de la produire.

63

Il y a si longtemps que les Monstres maltraitent et humilient les Humains

qu'une minuscule vengeance serait la bien-
venue.

Comme si un rayon de soleil touchait
le sol de Nirvanaa, malgré son ciel recouvert de smog en permanence : il y a de
l'espoir !

Je considère le déni de Neoman par les
Monstres comme une attaque personnelle.
Ils ne peuvent pas concevoir que l'un d'eux
a été malmené par un inconnu, dans un
milieu dont ils sont rois et maîtres depuis
des années.

Ils ne s'en sortiront pas à si bon compte,
promesse de Mathieu Lazare.

Mais pour cela, je dois surmonter
l'objet qui me répugne le plus au monde :
l'ordinateur.

L'idée que j'ai est de télécharger sur le
Net la vidéo de la raclée que Neoman a
donnée à Voyeur et de la diffuser sur un site
de partage de vidéos.

Ainsi, tout le monde aurait accès à la
vérité. Et les Monstres ne pourraient plus
affirmer que rien ne s'est produit.

Pour y arriver, je dois utiliser un ordinateur plus de deux minutes.

J'anticipe déjà les maux de cœur et de tête que ce geste va me donner. Je n'ai encore rien fait, et je suis anxieux.

Après mûre réflexion, j'en viens à la conclusion qu'il serait bien plus sage de demander à quelqu'un d'autre que moi de réaliser mon projet.

Je connais une seule personne en qui j'ai assez confiance pour faire télécharger la vidéo : Télémaque.

C'est un crack des ordinateurs. Il va télécharger la vidéo en moins de temps qu'il ne lui faut pour claquer des doigts.

Faut maintenant qu'il mette la main sur le téléphone que j'ai trouvé sans qu'il sache que je l'avais en ma possession.

J'élabore alors un plan sophistiqué et, je l'affirme en toute modestie, ce plan est des plus ingénieux !

Mettons.

64

Télémaque se réveilla au son de la radio de son réveille-matin. Le haut-parleur bon marché diffusait la chanson insipide d'une chanteuse dont on n'aurait qu'un vague souvenir dans un an.

Il ouvrit les yeux, mais garda la tête enfoncée dans son oreiller.

Il s'était couché à une heure impossible, maintenu éveillé par le « Monde de Syrinx ». Télémaque fit le calcul : il avait dormi moins de quatre heures.

Pas grave, il allait pouvoir s'assoupir pendant le cours de mathématiques. Et de français. Et d'histoire et de géographie. En éducation physique, il n'aurait qu'à simuler un mal de genou pour passer le cours étendu sur un banc.

En écoutant les paroles débiles que la chanteuse vociférait à la radio, il songea à la raison d'être de l'école.

Télémaque avait deux passions dans la vie : les ordinateurs et le « Monde de Syrinx ». Il savait déjà quel métier il voulait faire : technicien en informatique. Il savait tout ce qu'il y avait à savoir dans ce domaine, ayant démonté et remonté, depuis ses six ans, plus d'une centaine d'ordinateurs.

Alors, pourquoi l'école ?

Il s'y ennuyait royalement. Et la présence des Monstres rendait le tout carrément désagréable. Chaque jour, il se demandait si l'un d'eux, pour une obscure raison, allait le prendre en grippe.

Il songeait à quitter l'école, même s'il n'en avait pas encore l'âge légal. Pour vivre, il réparerait des ordinateurs le jour et passerait tous ses temps libres à jouer au « Monde de Syrinx ». Le bonheur !

Restait maintenant à convaincre sa mère. Elle allait faire une crise d'apoplexie en apprenant la nouvelle.

Mais plus que tout, il craignait qu'on ne découvre son secret.

Télémaque était Bâtard. Son père était Monstre, sa mère, Humaine. Jamais il ne l'avait révélé, pas même à Mathieu Lazare, son seul ami.

Si ça s'ébruitait, surtout à l'école, il était mieux mort que vivant.

Son père, il y a longtemps qu'il ne l'avait pas vu. La dernière fois qu'il avait eu des nouvelles de lui, c'était par l'entremise d'un oncle : il trempait dans des affaires louches.

À l'heure qu'il était, Télémaque n'aurait pas été surpris d'apprendre que le corps de son père, accroché au fond de la Rivière-aux-Fantômes, nourrissait quantité d'animaux aquatiques.

Il s'en foutait. Son père était une pourriture. Un Monstre comme les autres : menteur, cruel et égoïste.

Chaque fois qu'il croisait un Monstre à l'école, cela lui rappelait que 50 % de son ADN était semblable au sien. Et ça l'écœurait.

Heureusement, la preuve qu'il avait du sang de Monstre dans les veines pouvait être aisément cachée : des poils lui poussaient dans les paumes de mains, mais il n'avait qu'à les raser tous les jours.

Il réalisa ce matin-là que sa vie était sans but. Dans le fond de lui-même, il savait que le « Monde de Syrinx » n'était qu'un moyen pour lui d'avoir un certain pouvoir sur son existence. Il y faisait le plein de confiance en lui et, dans cet environnement virtuel, il était *quelqu'un*. Il était même craint.

Dans la vie de tous les jours, aux yeux de bien des gens, c'était un perdant. Un cynique à lunettes et au corps aussi séduisant que celui d'un arbre mort.

Et il avait pour seul ami Mathieu Lazare, celui qui bégayait à la moindre contradiction et qui, depuis la mort de son père, avait commencé à entendre des voix. C'était divertissant, mais rien pour effacer la déprime de Télémaque.

Après sa routine matinale, il sortit de la maison pour se rendre à l'autobus qui allait le mener à l'école. Il constata alors qu'il y avait une enveloppe de papier kraft à son intention sur le paillasson.

Il regarda à gauche et à droite, puis l'ouvrit.

Son contenu le laissa incrédule.

65

Dès que je croise le regard de Télémaque dans l'autobus, je sais que mon plan a fonctionné.

– Qu'est-ce que t'as ? je lui demande en m'assoyant à ses côtés.

Il pose l'index sur ses lèvres.

– Chut ! Je peux pas en parler ici. Mais j'ai mis la main sur un objet d'une valeur inestimable.

– La perruque du prof de sciences physiques ?

Télémaque s'assure qu'aucune oreille indiscrète ne rôde aux alentours.

– Je blague pas, Lézard. Ça va changer le cours de l'Histoire. Le mot Histoire avec un H majuscule.

– Tu m'intrigues, Télé. Donne-moi un indice.

Il approche sa bouche de mon oreille et chuchote :

– Neoman.

– Quoi, Neoman ?

Il regarde à gauche et à droite, catastrophé.

– Chut ! Je t'en ai déjà trop dit. Tais-toi ou je devrai t'éliminer.

Il prend tellement son rôle au sérieux que c'est à la limite de l'inquiétant.

En sortant de l'autobus, Télémaque m'entraîne là où nous ne serons pas importunés, à l'autre bout de l'école. Il y a une raison pour laquelle il n'y a jamais personne sur ce lieu : c'est l'endroit où reposent les bennes à ordures.

Les déchets dégagent une odeur si savoureuse que j'en déduis qu'il y a longtemps qu'ils n'ont pas été ramassés.

Je pose mon chandail sur mon nez.

– Dépêche. Mes yeux brûlent.

Télémaque s'assure que personne ne nous observe, puis sort de son manteau le

téléphone cellulaire qui contient l'affrontement entre le Fabuleux Neoman et Voyeur.

– Tu sais ce que c'est ?

– Euh... Un sandwich à la crème gla-
cée ?

– Déconne pas. C'est un cellulaire. Et
dedans, il y a une vidéo qui va changer le
monde.

– Montre.

Il appuie sur quelques boutons, puis fait
jouer la vidéo. Une fois celle-ci terminée,
il remet immédiatement le cellulaire dans
la poche de son manteau.

– C'est une bombe, je dis, avec l'air le
plus estomaqué possible. Tu vas faire quoi
avec ça ?

– Je vais télécharger la vidéo sur le Net
afin que tous puissent contempler l'exploit
de Neoman.

– Je peux savoir comment t'as fait pour
avoir ces images ?

– Ouais. Le Fabuleux Neoman me les
a données.

– Pfff... Je te crois pas.

– Ce matin même. Il m'attendait à l'extérieur de la maison. Il m'a appelé par mon nom. Il m'a donné le téléphone et m'a chargé de répandre la bonne nouvelle.

– Et pourquoi toi ?

– Il ne me l'a pas dit, mais je ne vois qu'une raison : parce que je suis un être d'exception.

66

Télémaque n'a pas, bien entendu, rencontré Neoman.

La propension qu'a mon ami à exagérer (certains diraient « mentir ») m'amuse follement.

Le voir aussi allumé me rassure sur son état mental. Car ces derniers temps, je le trouvais morose.

Télémaque prend son rôle très au sérieux. Trop au sérieux, même.

Au début de la journée, il racontait que Neoman lui avait donné le téléphone en personne. Après le deuxième cours, il affirmait que Neoman et lui avaient échangé leur courriel et qu'ils s'étaient promis de se revoir. À l'heure du dîner, Télémaque disait que Neoman lui avait fait essayer son armure et qu'il avait combattu une horde d'alligators affamés, animaux plutôt rares à Nirvanaa.

– Relaxe un peu, d'accord ? je lui ai dit. Tu perds ta crédibilité.

– Tu parles au gars qui en a le plus au monde ! Neoman m'a choisi, moi. T'imagines ?

Lui faire cette remarque est trop tentant :

– Il y a sûrement quelque chose que je n'ai pas vu. Il a *vraiment* des super pouvoirs, ce mec.

– T'es jaloux, mon gars.

Mon plan très« sophistiqué et ingénieux » (pfff !) a fonctionné au quart de tour. Dans une enveloppe, j'ai déposé le téléphone sur lequel j'ai mis un autocollant. J'y ai inscrit : « Télécharge anonymement la vidéo sur le Net. Je te fais confiance, Télémaque. Neoman »

Les plans les plus simples sont les plus efficaces, non ?

– Faudra que tu m'aides, Lézard, me dit Télémaque. Faudra que tu couvres mes arrières. Je peux pas télécharger la vidéo de chez moi. C'est trop dangereux, on pourrait facilement me retrouver.

Ça, je n'y avais pas pensé.

Il continue :

– Je vais aller à la bibliothèque. Là, sous un faux nom, je vais emprunter un ordinateur et télécharger la vidéo. Puis je vais répandre l'adresse sur certains sites bizarres que je consulte. La vidéo va rapidement devenir virale.

Des « sites bizarres » ? Je n'ose pas essayer d'en apprendre davantage, de crainte de perdre mon innocence. Télémaque poursuit :

– Si on te demande si tu sais où j'étais à l'heure du téléchargement, tu devras dire qu'on était ensemble.

Dès que la cloche annonce la fin des classes, Télémaque, nerveux, se précipite dans un cabinet de toilette avec son étui à crayons.

– Qu'est-ce que tu fais ?

– Je change d'identité.

Il en ressort quelques minutes plus tard.

– Alors, t'en penses quoi ?

Il a retourné ses vêtements à l'envers. Il s'est dessiné une moustache noire sous le nez et des favoris à la Elvis Presley sur les joues. Mais ce sont ses sourcils qui retiennent mon attention. Je les montre du doigt.

– C'est quoi, ça ?

– Ouais, je sais. Mon marqueur noir ne fonctionnait plus. Y'a fallu que j'utilise ce que j'avais sous la main.

Il a épaissi ses sourcils à l'aide de liquide correcteur blanc.

– Maintenant que je suis incognito, je peux accomplir ma mission.

Il sort de la toilette d'un pas décidé.

67

Télémaque n'a jamais pu entrer dans la bibliothèque accoutré de cette façon. Il a été chassé des lieux par une bibliothécaire centenaire armée d'un balai et qui l'a traité de « punk cybernétique ».

Il a fallu que mon ami se faufile par une fenêtre du sous-sol. Puis il s'est rendu aux ordinateurs en rampant. Là, il en a piraté un en mettant sa langue sur un fil rouge et sur un fil noir, et il a finalement téléchargé la vidéo sur le Net.

Parce que c'est Télémaque, tout cela n'est probablement pas arrivé.

L'important est qu'il soit parvenu à mettre la vidéo en ligne.

Quelques heures plus tard, tel qu'il l'avait prédit, elle devient virale. Il m'annonce que plus de cent mille personnes un peu partout dans le monde l'ont vue.

Les opinions sont opposées : certains sont émerveillés, d'autres promettent à Neoman d'avoir sa peau. Des Monstres, bien entendu !

Certains sceptiques écrivent même que c'est une vidéo qui a pour but de faire la promotion d'un film à venir. Eh ben !

Le lendemain, Télémaque m'annonce dans l'autobus que la vidéo a été regardée un million de fois. Un million !

À l'école, la tension est à son comble. Pendant l'heure du dîner, les Monstres font brûler dans la cafétéria un mannequin enrubanné de papier métallique, sur la poitrine duquel un engrenage est dessiné.

Les gicleurs démarrent. En moins d'une minute, l'endroit se vide. Les élèves se retrouvent à l'extérieur où quelques bagarres éclatent entre Humains et Monstres.

Le résultat de l'apparition de la vidéo sur le Net est loin de me satisfaire. Je voulais faire fermer la grande gueule des Monstres afin qu'ils cessent de nier l'existence de Neoman.

C'est le contraire qui se produit. Les Monstres sont déchaînés.

La vidéo a restitué aux élèves Humains de l'école la confiance qu'ils avaient perdue au fil des humiliations. Mais les Monstres ne se laissent pas marcher sur les pieds. Ce qui crée beaucoup d'accrochages.

L'atmosphère est explosive au point que le directeur Taulard donne congé à tous en après-midi.

Je me dis qu'au bout du compte, j'aurais mieux fait de ne montrer la vidéo à personne et de m'en débarrasser.

C'est une intuition qui s'avère juste le lendemain matin, lorsque Mère m'apprend au petit-déjeuner ce qui s'est passé pendant la nuit.

68

– Quoi ? ! je fais, avalant ma rôtie de travers.

– Destruction totale, dit Mère. Une vraie honte. C'était un édifice historique, l'un des plus vieux de la ville.

Des Monstres ont incendié la bibliothèque municipale ! Ils ont revendiqué l'attentat.

Mère continue :

– Il n'y a plus rien de sacré pour ces Monstres. Qu'est-ce que ce sera la prochaine fois ? Ils détruiront des hôpitaux pleins de malades ? Des résidences pour personnes âgées ?

Je fais immédiatement le lien entre l'incendie et la vidéo, que j'ai demandé moi-même à Télémaque de télécharger.

– Et... et ils expli... expliquent pourquoi... pourquoi ils ont... ont fait... fait ça ?

– Calme-toi, mon fils. Ça ne vaut pas la peine de bégayer pour ça. Ce serait leur donner trop de pouvoir.

Mère ne répond pas à ma question. Et c'est une bonne chose parce que je ne suis pas sûr que je désire connaître la réponse.

Mais une demi-heure plus tard, Télémaque me la donne, dans l'autobus.

– Les Monstres ont retracé l'adresse IP, dit mon ami sans sourciller. Une chance que je n'ai pas envoyé la vidéo de chez moi.

– T'as... t'as peur ?

– Moi ? De quoi ?

– Qu'ils... qu'ils... remon... remontent... jusqu'à... jusqu'à toi ?

– Nah ! Pas une miette.

– Pour... pourquoi ?

Télémaque observe le décor mouvant par la fenêtre.

– Pour plusieurs raisons. Mais la plus importante, c'est que je suis un intouchable, maintenant.

– Ah... ah oui ?

– Mais oui. Le Fabuleux Neoman me protège. Il ne peut rien m'arriver.

J'ai subitement des sueurs froides.

69

À l'école, il n'y a qu'un mot à la bouche des élèves, Humains et Monstres : Neoman.

Les premiers se demandent quand aura lieu son prochain exploit. Des affiches artisanales mettant en vedette Neoman sont apparues sur les casiers, comme s'il était devenu une vedette rock. Et sur certains agendas ou étuis à crayons de filles, un cœur a été dessiné avec le mot « Neoman » en son centre.

Les Monstres conspuent le superhéros. Ils fantasment à l'idée qu'il remette les pieds à l'école. Ils le livreraient alors aux plus pervers des Monstres criminels, ceux qui ont une réputation de matamores. Qui pourrait faire l'affaire ?

Le Docteur Suture, dont on dit que les pratiques professionnelles ressemblent moins à la médecine qu'à de la torture ?

Hypnosis, qui peut, d'un seul regard, faire entrer quiconque en transe et lui faire faire ce qu'il veut ?

Poker Face, qui tire sans même cligner des yeux ?

Ou Inferno, le Monstre qui laisse son lance-flammes parler à sa place ?

Entre-temps, Télémaque se mange l'intérieur des joues pour s'empêcher de raconter à tous que le Fabuleux Neoman le connaît personnellement.

Il s'en empêche puisqu'il sait qu'il deviendrait le dévidoir parfait de la hargne des Monstres de l'école.

De mon côté, j'observe l'évolution des événements avec angoisse. Tout ce que j'ai fait, c'est de sauver un élève d'un châtiment qu'il ne méritait pas.

Télécharger la vidéo de mon exploit afin que tous puissent voir à quel point j'ai fait mordre la poussière à Voyeur n'était pas une bonne idée. J'ai péché par excès d'orgueil.

Je me sens directement responsable de l'incendie de la bibliothèque. Il y a un proverbe qui illustre ce qui se passe : « Qui sème le vent récolte la tempête. »

Ratel Émeute, le maire, a annoncé que les responsables de l'incendie allaient être « pourchassés et punis ».

– C'est de la bouillie pour les chats, me dit Télémaque. C'est moi qu'ils recherchent, j'en suis assuré. Pas grave, mon ange gardien veille sur moi.

Son ange gardien, c'est moi. S'il lui arrive malheur, je vais m'en vouloir jusqu'à la fin de mes jours et ceux de ma vie suivante.

Garagiste a raison : je suis peut-être trop jeune pour jouer au superhéros.

Je songe au jeu de dominos de Père. C'est mon doigt qui a poussé sur le premier domino, mais je ne m'attendais aucunement à ce que tant d'autres tombent.

Je n'arrive plus à dormir, j'ai le ventre tordu par l'angoisse. Et si des Monstres apprenaient que je suis le Fabuleux Neoman ? Ils ne tarderaient pas à me faire disparaître. Et ils s'en prendraient à Mère et à Célia, c'est évident.

Je dois l'admettre : c'est trop pour moi.

Je vais faire ce que Garagiste m'a dit : je vais oublier Neoman et vivre sans faire de vagues. Dans une dizaine d'années, j'y repenserai.

70

Un (autre) soir d'insomnie. À minuit moins le quart, j'entends le jappement particulier de Doc qui indique qu'un inconnu est sur notre terrain.

Alors que je retire mes draps et m'approche de la fenêtre pour voir de quoi il en retourne, un bruit assourdissant me foudroie.

Le corps droit comme une barre, je tombe sur mon lit, les deux mains sur les oreilles.

Une voix forte m'interpelle :

– Mathieu. Sors.

Puis le son cesse. Il me faut quelques instants pour reprendre mes esprits.

La voix était celle de Garagiste.

J'observe par ma fenêtre : je vois une ombre à côté du garage.

En enfilant ma robe de chambre, je me demande pourquoi Doc ne jappe plus. C'est anormal.

En faisant le moins de bruit possible, je sors.

Je vois mon chien couché sur le côté, la langue pendante, les yeux mi-fermés. Je me précipite sur lui.

– Doc ? Doc ? Ça... ça va ?

Il respire encore, mais il ne réagit à aucune de mes paroles.

L'ombre s'approche de moi.

– Gara... Garagiste ?

Il fait un pas en avant.

– Qu'est-ce que... que vous avez... avez fait à... à mon chien ?

– Rien de grave. Contrairement à toi.

J'ignore la pointe que Garagiste vient de me lancer.

– Combien de... de temps va-t-il... va-t-il res... rester comme... comme ça ?

– Quelques minutes. Je déteste les chiens.

Je passe ma main sur la tête de mon pauvre Doc. Garagiste poursuit :

– Les chiens ne vivent pas assez longtemps. On s'attache à eux et lorsqu'ils meurent, ça nous fend le cœur. Les alligators, ça vit jusqu'à soixante-dix ans, c'est parfait. Mais celui que j'avais a déjà bouffé un de mes chats, alors il a fallu que je m'en débarrasse parce que c'était devenu trop dangereux. Et c'est exactement ce que je vais devoir faire de toi.

Je me relève.

– Que… que se passe… passe-t-il ?

– Tu veux rire, j'espère ? Tout le monde dans le Premier Bourg ne parle que de toi. J'ai vu ton exploit sur le Net.

Je me défends de manière pitoyable.

– Ce… ce n'est pas moi… moi qui ai… ai téléchargé… la vidéo.

– Oh, ça, je m'en fous. Je t'ai dit de ne pas utiliser l'armure et de te désynchroniser. Qu'est-ce que tu n'as pas compris ? Faudra que je te lave les oreilles à l'eau de Javel ?

– Ils allaient… allaient battre un… un élève.

– À Nirvanaa, il n'y a que ça, des injustices. Il faut savoir choisir ses combats. Et c'est ton école, en plus. Les Monstres ne sont pas stupides. Ils vont faire des rapprochements et remonter jusqu'à toi.

Je fais oui de la tête. Inutile de me défendre.

– Tu sais que la vidéo a été téléchargée de la bibliothèque, n'est-ce pas ? Moins de vingt-quatre heures plus tard, cette dernière n'existait plus. Par ta faute.

– Je...

– Laisse-moi terminer.

Il sort de son veston élimé une télécommande.

– Tu sais à quoi ça sert ?

Je fais non de la tête.

Il appuie sur un bouton. J'ai alors l'impression que mon cerveau implose.

71

La douleur est intenable, à tel point que je m'écroule sur le sol. Même si elle ne cesse qu'une seconde après avoir débuté, elle a été si puissante que j'ai perdu toute contenance.

Garagiste me tend la main et m'aide à me relever.

J'accepte son aide.

– T'as eu mal ?

– Très, je dis, en massant mes tempes.

– Je dois protéger les autres contre toi, mais aussi toi contre toi-même. Tu as de grands pouvoirs, mais tu ne sais pas comment t'en servir. Tu es trop jeune, je te l'ai déjà dit.

J'opine du chef.

– La prochaine fois que j'entends dire que ce supposé Fabuleux Neoman a fait des siennes, je n'aurai d'autre choix que de te faire griller la cervelle. Je n'aurai aucun plaisir à le faire, parce que tu es le projet d'une vie, mais c'est mon devoir.

J'ai un vertige. Garagiste m'aide à ne pas perdre pied.

– Si tu crois que tu as eu mal, ce sera mille fois pire.

Il me raccompagne à la porte d'entrée.

– Oublie Neoman. Ton esprit primitif d'adolescent ne comprend pas encore que chaque geste qu'il pose a une incidence beaucoup plus grande que ce qu'il peut imaginer.

Garagiste m'aide à m'asseoir sur les marches de la maison. Il fait quelques pas pour s'en aller et se retourne.

– Prochaine prise, Mathieu, t'es retiré.

Une fois qu'il a tourné le coin de la rue, je regarde péniblement mon lit.

Je sombre dans un profond sommeil.

72

Plus les jours avancent et plus les Humains de l'école désespèrent d'assister à un autre exploit de leur sauveur, Neoman.

Leur confiance s'effrite à vue d'œil.

Je voudrais leur dire qu'il sera de retour dans une décennie, lorsqu'il sera plus mature, mais je dois me taire.

Les Monstres se réjouissent de son absence, bien entendu. Il ne se passe pas une journée sans qu'une rumeur à l'effet que Neoman a été capturé, puis que son corps a été jeté dans la Rivière-aux-Fantômes, ne surgisse.

Les Monstres sont aussi plus agressifs à l'endroit des Humains. Des attaques sournoises surviennent de plus en plus. Avec plus de violence gratuite qu'auparavant.

J'ai sauvé un Humain d'une raclée, mais combien d'incidents malheureux ai-je indirectement provoqués ?

Télécharger la vidéo a été une erreur monumentale et je m'en veux. J'ai compris, je ne le ferai plus. C'était un geste stupide, dicté par mon orgueil.

J'ai gaffé. Il n'y a pas d'école pour les gens comme moi. J'apprends de mes erreurs. Je vais en commettre d'autres, c'est sûr. C'est peut-être le prix à payer pour rétablir la paix à Nirvanaa.

Aux yeux de Garagiste, je ne suis qu'un animal de cirque encore trop jeune pour faire rouler un ballon sur son nez devant des spectateurs. Ça me rend dingue.

Chaque soir, avant de m'endormir, je songe à Neoman et à son potentiel. Ça me brûle de l'intérieur de revêtir l'armure et de donner une leçon à ces ignobles Monstres.

Je ne me suis toujours pas désynchronisé. Je ne veux pas.

Si je reste prudent, je pourrais aider tant de gens ! Garagiste n'a-t-il pas de cœur ?

Si seulement il me donnait une chance. Une toute petite. Je pourrais lui montrer que même si je n'ai que quinze ans, je suis digne de confiance.

Je compte aller le revoir pour le convaincre de me laisser de nouveau être Neoman.

Mais pour ça, il me faut trouver du temps.

La situation économique de la famille étant intenable, je me suis dégoté un boulot minable dans un restaurant tout aussi minable.

Le propriétaire et chef cuisinier, un Monstre, traite ses employés comme s'ils avaient la gale. Comme il me l'a si bien expliqué le jour de mon embauche, il n'engage que des Humains car il peut les sous-payer et les maltraiter sans risque de représailles, puisqu'il a beaucoup de « contacts ».

Il s'agit là d'une menace déguisée en mauvaise blague.

C'est un être énorme qui transpire continuellement. Une partie de son corps (les bras et le torse) est recouverte de poils raides comme des aiguilles à tricoter. Il se nomme Porc-épic.

L'une de mes tâches est de remplir le lave-vaisselle et de le vider. Si j'échappe une assiette ou un bol et que l'objet se casse, sa valeur est déduite doublement de ma paye, question de me donner une leçon.

C'est d'ailleurs après avoir échappé une tasse qu'un cri perçant provenant de la salle à manger me fait sursauter.

73

Je me précipite dans la fenêtre qui offre une vue sur la salle à manger.

Une autre bestiole s'est évadée du sous-sol. Une des serveuses l'a appris à ses dépens alors que l'animal a tenté de grimper sur elle et qu'il s'est emparé de la nourriture qu'il y avait sur le plateau de service.

Le cri a fait fuir le rat et a fait rire les clients.

Le restaurant se nomme Le Rat Exquis. Sa spécialité : le rat, mets traditionnel des Monstres qui ont dû longtemps se contenter de cette nourriture pour survivre à l'époque pré-Ratel Émeute.

Si je ne trouvais pas de travail, c'est la seule chose que Mère allait pouvoir nous offrir, à ma sœur et à moi, pour nous nourrir.

J'ai proposé mes services à plusieurs employeurs, mais c'est le seul qui m'a rappelé. Je suis trop jeune, inexpérimenté et, surtout, Humain. Les meilleurs emplois pour les étudiants sont réservés aux Monstres.

Il m'arrive parfois de me dire que mendier serait moins humiliant.

Au sous-sol se trouve une cage où Porc-épic engraisse des centaines de rats qui finissent leurs jours dans une assiette.

Porc-épic ne les nourrit qu'une fois aux trois jours, afin que les bêtes affamées se jettent sur la nourriture et qu'elles n'arrêtent de manger que lorsque leur estomac est sur le point d'éclater.

Il paraît que c'est la manière de faire si on veut leurs faire prendre du poids le plus rapidement possible.

En plus de m'occuper du lave-vaisselle, je dois nourrir les rats. En me remettant le sac de moulée, Porc-épic me fait toujours la même blague :

– Si tu remontes pas dans cinq minutes, je saurai qu'ils se sont servis de toi comme repas.

Je n'ai pas peur de ces bêtes, même lorsqu'elles sont plus grosses qu'un chat. Mais affamées, je reconnais qu'elles sont terrifiantes.

Le sous-sol n'est éclairé que par une ampoule nue. C'est si humide que des champignons poussent dans les fissures des fondations (champignons que Porc-épic refile à ses clients, bien entendu).

Lorsque les rats me voient approcher avec leur nourriture, ils poussent des cris aigus et me suivent de leurs yeux noirs inexpressifs.

Le cliquetis du cadenas qui se déverrouille les rend hargneux. Ils grimpent les uns sur les autres et se mordent entre eux.

Je ne compte plus les morsures que j'ai reçues aux chevilles, malgré le port de bottes en caoutchouc.

Le Rat Exquis n'est fréquenté que par des Monstres qui se trouvent au bas de l'échelle sociale.

Les serveuses, obligées de porter une mini-jupe et un chemisier révélateur, subissent des affronts continuels. Les commentaires déplacés et les attouchements sont le lot quotidien de ces femmes.

Je me suis lié d'amitié avec l'une d'entre elles. Une rouquine au visage recouvert de taches de rousseur qui porte le prénom de Marie-Soleil. Elle a vingt ans et élève seule son garçon de deux ans, la prunelle de ses yeux. Elle garde toujours une photo de lui dans la poche de son chemisier, proche de son cœur.

Je crois que je suis amoureux d'elle.

Pendant une pause, je la surprends à pleurer dans la ruelle, derrière le restaurant.

– Ça va ? est la seule question stupide que j'ai trouvée à lui poser (bien sûr qu'elle ne va pas, Mathieu, elle ne pleure pas de joie !).

Elle essuie vitement ses yeux, gênée.

– Oui, oui. Ça va.

Je n'ai qu'à lui poser une autre question pour qu'elle m'avoue qu'en vérité, elle ne va vraiment pas bien.

Ses révélations me donnent froid dans le dos.

74

Marie-Soleil est une fille gentille, douce et travaillante. Chaque fois que je suis au boulot, elle y est parce qu'elle travaille plus de soixante heures par semaine.

Jamais je ne l'ai entendue se plaindre d'avoir mal aux pieds ou d'être fatiguée. Alors que moi, après un quart de travail de quatre heures, mon seul but est de m'effondrer sur mon lit et de baver sur ma taie d'oreiller.

Marie-Soleil a toujours un sourire au visage. Chaque fois qu'elle est rabrouée par Porc-épic ou humiliée par un client, elle écope sans répliquer, comme si cela ne l'atteignait pas. Elle a toute une carapace, cette Marie-Soleil.

Les vexations qu'elle subit m'atteignent. Il y aurait quelques hommes que j'aurais remis à leur place, Porc-épic en premier lieu.

Voir pleurer Marie-Soleil me secoue.

– Que se passe-t-il ?

– Oh, rien d'important.

Je m'approche d'elle. Elle se réfugie dans mes bras et éclate en sanglots.

« Pendant une pause, je la surprends à pleurer dans la ruelle, derrière le restaurant. »

Comme je le fais avec Mère lorsqu'elle vit des moments de désespoir, je me tais et la laisse pleurer.

Elle se calme. Je lui demande de m'expliquer ce qui se passe.

– C'est Porc-épic, elle dit en cherchant un mouchoir dans ses poches.

– Il est horrible avec toi.

– Pire qu'horrible, Mathieu.

– Vraiment ?

– Il veut devenir mon amoureux. Je ne l'aime pas du tout.

L'idée que Marie-Soleil et Porc-épic forment un couple me répugne.

Porc-épic est gros. Obèse, même. Il sent la sueur et la dernière fois qu'il a lavé ses vêtements, je baignais certainement dans le liquide amniotique du ventre de Mère.

Naïf, je soumets une suggestion :

– Alors dis-le-lui. Il va comprendre.

– Je le lui ai dit, je le lui ai écrit et je le lui ai crié. Il ne veut rien savoir. Il se fait de plus en plus insistant. Au point qu'il vient de me donner un ultimatum.

– Lequel ?

– Je forme un couple avec lui ou bien il me renvoie.

Marie-Soleil fond en pleurs de nouveau.

– Je ne peux pas me retrouver sans emploi. Je ne pourrais plus faire vivre mon fils. Alors...

– Alors, quoi ?

– Alors je n'aurai pas le choix.

– Je vais t'aider à trouver un autre emploi.

Elle fait non de la tête. Je comprends alors que pour pouvoir continuer à survivre, elle va devoir se sacrifier.

Et former un couple avec l'horrible Porc-épic.

75

« Cette Marie-Soleil, songea Porc-épic, alors qu'il apprêtait des rats au vinaigre pour le lendemain, quelle femme têtue ! Je vais lui montrer, moi, qui est le patron. »

Le restaurateur avait tout essayé pour convaincre la serveuse de devenir son amoureuse. Les mots doux, les fleurs, les compliments et les passe-droits.

Chaque fois, la jeune femme l'avait repoussé avec un sourire aux lèvres.

Un sourire méprisant que Porc-épic avait vu trop souvent sur les lèvres de nombreuses filles qu'il avait, en vain, tenté de séduire.

« Celle-là, il se promit, elle ne m'échappera pas. »

C'était une Humaine, et il était mal vu pour un Monstre de côtoyer un Humain d'aussi proche.

Il n'avait aucunement l'intention d'épouser Marie-Soleil. Il voulait uniquement l'exploiter.

Il pourrait la faire travailler le nombre d'heures qu'il voulait. Et il n'aurait même plus besoin de la payer.

En prime, le soir, il ne serait plus seul dans son lit.

Parce que c'était son employée, parce qu'il connaissait sa situation difficile de mère de famille monoparentale et, surtout, parce qu'elle était Humaine et tellement docile, Porc-épic voulait profiter de Marie-Soleil.

Il n'allait surtout pas s'en priver.

Il lui avait donné plusieurs chances, et la serveuse ne les avait pas saisies. Tant pis pour elle !

Maintenant, la situation était claire : soit elle acceptait de former un couple avec lui, soit c'était le renvoi.

Il avait donné vingt-quatre heures à Marie-Soleil pour se décider.

Il était convaincu qu'elle allait dire oui.

Elle n'avait pas le choix.

Après avoir apprêté les rats, Porc-épic rangea les recettes de la journée dans un coffre-fort situé dans son bureau, une pièce attenante à la cuisine du restaurant.

Il avait pris soin auparavant de bien verrouiller les portes du Rat Exquis. Un soir, il s'était fait cambrioler. Plus jamais il n'allait se faire prendre.

Chaque fois qu'il comptait son argent, Porc-épic gardait à ses côtés une Mauser 1898, une carabine équipée d'une grenade à fusil.

Il ne la sortait que lorsqu'il était seul, pour se protéger. Personne ne savait qu'il possédait une arme. Il voulait réserver la surprise aux crétins qui allaient tenter de le dévaliser. C'était la plupart du temps des clients.

Avant de quitter le restaurant pour la maison, Porc-épic se rendit dans la salle à manger. Il devait trouver ce satané rat qui s'était évadé de la cage du sous-sol. Il le savait dans les parages, puisqu'il l'avait entendu gratter le sol avec ses pattes griffues.

Du bout de son arme, prudemment, il tâtonna les coins les plus sombres de la salle. Ces saletés de rats pouvaient vous arracher la moitié du visage si vous n'étiez pas prudent. Il manquait d'ailleurs à Porc-épic le bout d'un de ses index, gracieuseté d'un rongeur qui avait profité d'un moment d'inattention du patron.

Enfin, le restaurateur entendit un couinement sous une table.

Il se pencha pour constater de quelle grosseur était le rat. S'il était petit, il pourrait s'emparer de lui sans problème. Mais s'il était gros, il lui faudrait aller chercher ses gants de travail recouverts d'une cotte de maille. Les dents des rats étaient affûtées comme des couteaux tout neufs.

C'est alors que Porc-épic entendit son nom derrière lui.

Il eut si peur qu'il sursauta et se cogna durement la tête sur le dessous de la table.

76

Être ou ne pas être Neoman, telle est la question.

En revenant à la maison, après mon quart de travail, je ne cesse de penser à Marie-Soleil et à la situation intenable dans laquelle Porc-épic l'a plongée.

C'est ignoble.

Ce qui l'est encore plus, c'est que je pourrais faire quelque chose pour l'aider, mais on m'en empêche.

Attendre dix ans avant de réenfiler l'armure de Neoman... Impensable !

Je me couche dès que j'arrive à la maison parce que demain, j'ai de l'école.

Je songe à Marie-Soleil.

En revêtant l'identité de Neoman, je pourrais discuter avec Porc-épic et le convaincre, à l'aide d'arguments solides, de la laisser tranquille.

Je suis torturé à l'idée que je ne peux pas intervenir.

Neoman pourrait faire une sortie sans que personne le sache, n'est-ce pas ? Personne, sauf Porc-épic.

Garagiste n'en saurait rien.

C'est la nuit, je passerais incognito.

Porc-épic est une cible facile. Il est habile avec ses couteaux, certes, mais il ne bouge pas rapidement. Et il ne possède aucune arme à feu. Pas besoin, comme il dit : qui voudrait s'en prendre à lui, alors qu'il a des « contacts » aussi puissants ?

Ses contacts, ce sont des criminels de bas étage. Rien pour effrayer le Fabuleux Neoman.

C'est une mission simple que je peux accomplir aisément et en secret. Je ne vois aucun effet domino négatif.

Pour la cinquième fois depuis que je suis couché, je vais à la salle de bains pour boire de l'eau.

Je m'observe dans le miroir. Je détaille les cicatrices que j'ai sur mon cuir chevelu, à la suite de l'opération que Père a pratiquée à mon cerveau. Puis je regarde celles que j'ai sur le reste du corps, preuves du choc que j'ai subi quand une bétonneuse m'a frappé de plein fouet.

Père ne m'a pas sauvé la vie pour rien. Il voulait que je devienne Neoman. Et le plus rapidement possible.

Être ou ne pas être Neoman ?

L'ampoule de la salle de bains clignote, puis grille.

Merci, Père, pour ta réponse.

Je suis Neoman.

77

Retrouver mon armure m'excite et m'angoisse à la fois.

Je n'ai pas le goût de me retrouver avec le cerveau grillé.

Mais est-ce que Garagiste mettrait vraiment ses menaces à exécution ? J'en doute.

Il travaille sur le Projet Neoman depuis tant d'années, que ce serait idiot de sa part d'éliminer une composante essentielle de sa création : moi.

Il veut m'effrayer et il a presque réussi.

Ne jamais faire confiance à un Monstre, Père m'a dit.

Il pleut sur Nirvanaa. Cela me fait penser aux larmes de Marie-Soleil.

J'effectue des sauts de plus en plus hauts, au point que je vole au-dessus des nuages, là où il n'y a pas de pluie et où un croissant de lune m'accompagne.

Sautant de toit en toit, je me rends au Rat Exquis.

J'ignore si Porc-épic est encore au restaurant. À cette heure, peut-être pas.

J'atterris sur le toit de l'immeuble qui donne sur la ruelle. Je m'agenouille et observe la porte arrière du restaurant.

Il y a de la lumière dans la cuisine, signe que Porc-épic y est encore.

Il n'y a personne à l'horizon. Je saute et, grâce à mon ajusteur de gravité, je me retrouve six étages plus bas sans souffrir.

Le porte est verrouillée.

Pas question de la défoncer avec un coup de pied. Je veux préserver l'effet de surprise.

Je pose mon pouce sur la serrure et j'ajuste la pression de mon bras à « 1 tonne ». Je pousse le verrou vers l'intérieur.

Le bois qui le maintient en place ne résiste pas. Lentement, je réussis à extraire la serrure. Tout cela en ne provoquant que quelques craquements.

Je m'arrête alors qu'elle est sur le point de tomber.

J'ouvre la porte et je prête attention aux bruits ambiants.

APP < Varia < Ouïe 2.1

J'entends distinctement les rats au sous-sol.

Au rez-de-chaussée, je perçois une respiration sifflante.

C'est bien celle de Porc-épic. Il est dans la salle à manger.

Lentement, je m'y rends.

Il est sous une table. J'ai une vue insaisissable sur sa fente de fesses.

– Porc-épic !

Mon patron sursaute et se cogne la tête sur la table.

78

En se retournant, Porc-épic tombe sur le derrière.

C'est alors que sa main part à la recherche d'un objet.

Derrière lui, une arme. Une carabine.

Je n'avais pas prévu cela.

Ma base de données la repère rapidement : c'est une Mauser 1898. Le canon
se termine par une grenade à fusil.

Je n'arrive cependant pas à déterminer
de quel genre de grenade il s'agit. Il y en
a deux : à fragmentation, qui projette
des éclats métalliques, et à charge creuse,
destinée à percer le blindage.

Par ailleurs, j'ignore si la grenade va
exploser à l'impact ou à retardement.

Est-ce que mon armure pourrait résister
à une éventuelle explosion ?

Porc-épic pointe son arme vers moi et,
sans attendre, appuie sur la détente.

Le canon crache une boule de feu qui
projette la grenade dans ma direction.

Je ne peux m'empêcher de songer que
je vis peut-être les derniers instants de mon
existence.

Notre distributeur :

Messageries de presse Benjamin
101, rue Henry-Bessemer,
Bois-des-Filion (Québec)
J6Z 4S9

Tél. : 450 621-8167

À suivre dans *Le Fabuleux Neoman -
Épisode 1.2 - L'effet domino*

MAINTENANT EN LIBRAIRIE !

Achevé d'imprimer au Canada par
Marquis Imprimeur Inc.